Bernd Schroeder erzählt eine bitterböse Familiengeschichte. Als ein furchtbares Unglück geschieht, als Benny ins Koma fällt, sind sie alle da – all die Menschen, die sich Familie nennen und sonst nur wenig miteinander zu tun haben: Ines und Michael, Bennys Eltern, die sich eigentlich nie mehr begegnen wollten; die Großeltern, bei denen der Junge schon lange lebt; der Freund Willi, der ihn gefunden hatte. Wer trägt eigentlich die Schuld an diesem rätselhaften Unfall? Es gibt Menschen, zu denen man eine Beziehung hat. Ob man will oder nicht.

»Schroeder erzählt so angenehm nüchtern und heiter von Komödien und Tragödien in Ehe, Familie und Beruf, dass man auch als Leser gern dableibt (...).«

Martin Halter, Frankfurter Allgemeine Zeitung

»Bernd Schroeder ist es gelungen, diesen ernsten Stoff in eine Geschichte mit vielen komischen Elementen einfließen zu lassen.«

Heide Soltau, NDR

Bernd Schroeder, 1944 geboren, lebt in Berlin. Er ist Autor und Regisseur zahlreicher Hör- und Fernsehspiele und wurde mit dem Adolf-Grimme-Preis und dem Bundesfilmpreis ausgezeichnet. Er veröffentlichte die Romane ›Versunkenes Land‹, ›Unter Brüdern‹, ›Die Madonnina‹, ›Mutter & Sohn‹, ›Hau‹, ›Auf Amerika‹ sowie ›Wir sind doch alle da‹. Elke Heidenreich und Bernd Schroeder schrieben gemeinsam die Geschichten ›Rudernde Hunde‹ und den Roman ›Alte Liebe‹.

Weitere Informationen finden Sie auf www.fischerverlage.de

Bernd Schroeder

WIR SIND DOCH ALLE DA

Roman

FISCHER Taschenbuch

MIX
Papier aus verantwortungsvollen Quellen
FSC® C083411
www.fsc.org

Erschienen bei FISCHER Taschenbuch
Frankfurt am Main, November 2016

Lizenzausgabe mit freundlicher Genehmigung
des Carl Hanser Verlag München

Druck und Bindung: CPI books GmbH, Leck
Printed in Germany
ISBN 978-3-596-03340-9

Für
Franziska

1

Was ist eigentlich passiert?

Keiner weiß es. Es war ja niemand dabei. Sind ja alle ihrer Arbeit nachgegangen, heute, an einem normalen Werktag, einem Montag im Februar, etwa 15 Grad, Sonne, Windstille. Es gibt keine Zeugen. Es hat keiner etwas gesehen. War ja niemand in der Nähe, der etwas hätte sehen können. Was passiert ist, weiß man jetzt schon, aber wie, das weiß man nicht. Und warum eigentlich und wann. Es kann ja schon mittags geschehen sein, aber auch später am Nachmittag. Am Vormittag ist er alleine hinaufgefahren. Das hat wenigstens die Oma Else später gesagt. Er hat schon gesagt, erinnert sie sich, dass er hinauffahren will zur Hütte. Aber ob er direkt hinaufgefahren ist oder ob er noch woanders hingefahren ist, darüber weiß man bis jetzt nichts. Gegen vier jedenfalls hat ihn sein Onkel, der Forstbeamte Thomas Seidel, in der Hütte oben gefunden, und die verdammte Tür war zu. Sonst wäre es ja gar nicht passiert, wenn die Tür nicht zu gewesen wäre, wenn er selber, der Benny, sie nicht zugemacht oder eventuell auch der Wind sie zugeschlagen hätte. Obwohl es an dem Tag eigentlich überhaupt keinen Wind gegeben hat. Thomas sagt, dass es oben, wo er die Wildbissschäden an der Neuaufforstung kontrolliert hat, schon einen schwachen Wind gegeben haben könnte. Die Tür fällt leicht zu, weil Thomas sie vor ein paar Wochen noch geölt hat. Es kann dann schon so gewesen sein, dass ein kleiner Windstoß sie zugeschlagen hat. Man kann jetzt natürlich sagen, was nützt das Fragen um den

Wind und die Tür und das Wie und das Wann und Warum, was passiert ist, ist passiert, und das ist schlimm genug. Aber genauso kann man auch fragen, hätte das überhaupt passieren dürfen, ist nicht auch jemand schuld daran? Ist denn da oben alles vorschriftsmäßig? Thomas sagt, dass er gar nicht zur Hütte hingegangen wäre, weil er sich eh schon verspätet hatte. Schließlich sei er ja zu Fuß oben gewesen. Er habe sich dann aber gewundert, dass er Bennys Moped vor der Hütte hat stehen sehen. Na, da schaust du doch mal nach, was der hier oben macht. Er habe gezögert, weil er gedacht habe, dass der Junge vielleicht mit einem Mädchen in der Hütte gewesen ist. Obwohl die Hütte ja eigentlich der Familie Maus gehört, hat Thomas, weil er sich oft um alles Mögliche kümmert, ein Recht darauf, in die Hütte zu gehen. Er ist ja auch öfter hier oben, von Berufs wegen. Und wenn dann mal ein plötzliches Gewitter aufkommt, dann kann er sich hierher zurückziehen. Jedenfalls, sagt Thomas, habe er laut gerufen und gepfiffen, sich bemerkbar gemacht, aber nichts, nichts habe er gehört. Die Tür zur Hütte sei nicht abgeschlossen gewesen, der Schlüssel habe von außen gesteckt, also sei er hineingegangen, habe aber auf dem Tisch nur den Helm und die Motorradjacke des Jungen gesehen, ihn selbst aber nicht. Dann habe er das Gas gerochen, und auch das Rauschen der Dusche habe er gehört, was ein leises Rauschen ist, denn der Druck ist nicht sehr stark. In der Kammer hinter der Hütte habe er Benny gefunden, nackt lag er da, tot. Er habe dann erst einmal sofort das Wasser abgedreht, damit der Durchlauferhitzer seine Arbeit einstellte, dann die hintere Tür aufgerissen, um selbst Luft zu kriegen. Für ihn sei der Junge wie tot gewesen. Glücklicherweise habe er sein Handy dabeigehabt und gleich anrufen können, so dass er dableiben konnte, bis die Sanitäter gekommen sind. Er habe dann seinen

Vater Siegfried angerufen, die anderen habe er alle nicht erreicht. Ines war nicht im Laden. Ruf du die Familie Maus an, habe er zum Vater gesagt.

Warum Benny überhaupt heraufgefahren ist und warum er ausgerechnet in der Hütte geduscht hat, das kann sich Thomas nicht erklären. Und warum er nicht die Tür aufgelassen hat? Wo doch jeder weiß, dass man dort die Tür offen lassen muss, wenn der Durchlauferhitzer läuft.

So etwas habe er noch nicht erlebt, sagt Thomas, dass man neben einem Toten sitzt, einem nackten Toten, über eine halbe Stunde lang, und kann nichts tun, nur ihn anstarren. Er habe ja gedacht, dass er tot ist. Und dann seien die Sanitäter gekommen. »Tot ist er nicht, er ist ohnmächtig, aber er lebt«, sagten sie und transportierten ihn ab. Da sitzt man und kann nichts tun. So hilflos ist man, sagt Thomas, man glaubt es nicht. Als die Männer Benny abtransportiert hatten, saß er noch einige Zeit in der Hütte und machte sich allerlei Gedanken. Ein Sanitäter hat Fotos gemacht – vom Tatort. Ja, Thomas dachte das Wort TATORT. »Das müssen wir machen«, sagte der Mann, »im Falle, dass es sich um eine Fremdeinwirkung handelt.«

2 Koma ist ein längerer Zustand tiefer Bewusstlosigkeit. Ein Mensch im Koma lässt sich nicht mehr aufwecken. Im tiefsten Koma sind die normalen Reflexe außer Gefecht gesetzt. Der Betroffene wehrt keine Schmerzreize mehr ab, und seine Pupillen reagieren nicht auf Licht. Ein Koma wird heute nicht als statischer Zustand begriffen, sondern als veränderlicher Prozess. Manche Patienten erlangen wieder das volle Bewusstsein, sind aber fast vollständig gelähmt.

3 Eigentlich hat sich Ines vorgenommen, Michael nach Möglichkeit nicht mehr zu begegnen. Es war die letzten Male zu unerfreulich. Er war sentimental, sie ungeduldig. Sie hasste es, wenn er zu ihr in den Laden kam und herumsaß und dummes Zeug redete. Meistens stritten sie über Dinge, die sie beide doch längst aus der Welt geschafft zu haben glaubten. Es geht nicht mehr. Sie haben sich nichts mehr zu sagen, haben sich beide für ein neues, anderes Leben entschieden, haben sich mit neuen Menschen eingelassen. Fünf Jahre sind sie jetzt auseinander. Irgendwie, dachte Ines, müsste man doch nun einmal vernünftig miteinander umgehen können. Aber er kann es nicht. Sein jetziges Leben ist zu flüchtig, zu oberflächlich, als dass er sich nicht in wachen Momenten nach der Zeit mit ihr oder einer wie auch immer gearteten Zukunft mit ihr sehnen würde. Er treibt auf hoher See, aber er kann nicht schwimmen und findet kein Ufer, das, wäre es ein rettendes, Ines heißen müsste. Die Scheidung wäre längst fällig. Für Benny haben sie sich immer davor gedrückt. Dabei scheint sich der Junge, seit er bei den Großeltern, Ferdinand und Else, lebt, für seine leiblichen Eltern kaum zu interessieren. Opa Ferdinand ist ihm Ein und Alles. Der verwöhnt ihn, gibt seinen Launen nach, erfüllt ihm jeden Wunsch, stopft ihn mit Geld zu und ist stolz auf seine sportlichen Erfolge. Ihr Kind ist das schon lange nicht mehr, Michaels war es eigentlich nie. Sie sollte jetzt die Scheidung einreichen, dem Theater ein Ende machen und das immer belastendere Gefühl loswerden, für Michael, diesen Schwächling, irgendwie immer noch verantwortlich zu sein. Nicht, dass Rüdeger drängen würde. Er ist aufs Heiraten nicht erpicht, zumal er ja auch noch verheiratet ist. Er ist nicht einmal eifersüchtig auf Michael. Nicht einmal das. Sie bewundert das, sie, die Dagmar, Rüdegers »Verflossene«, wie er sie nennt, auf den Tod nicht leiden kann. Mit der hat er geschlafen, denkt sie manchmal, ausgerechnet mit der. Warum? Warum hat er mit so einer zwei Kinder? Was hatte sie? Was gefiel ihm an der? Und warum zerrt sie immer noch an ihm? Sie ruft an, ob er ihr eine Lampe aufhängen kann, und er rennt hin. Wie lange sie damit leben kann, weiß Ines nicht. Im Moment aber ist das nicht das Problem. Nein, Michael ist das Problem. Michael, der sentimental ist, weint, wenn er sie sieht, alle Räder zurückschrauben will, die er selbst in Gang gesetzt hat. Michael, der immer andere Freundinnen hat, die immer jünger werden, Partygirls, die er auf den Müllkippen seines Nachtlebens aufsammelt, bejammert und bemitleidet sich, wenn sie sich treffen, was selten genug passiert, nun aber leider wieder sein muss, wegen Benny und dem, was passiert ist. Er ist ohnmächtig, nicht bei Bewusstsein, liegt im Koma, heißt es. Sie weiß nicht, was wirklich geschehen ist, als sie das altehrwürdige, antiseptisch riechende Backsteingebäude betritt. Vor der Drehtür des Eingangs stehen blasse, ausgemergelte Männer in gestreiften Schlafanzügen und Bademänteln und ziehen gierig an ihren Zigaretten, deren Kippen sie in eine Schale mit Sand drücken. Krächzend unterhalten sie sich über ihre Lebenserwartung, ihre Operationen und die Löcher, die ihnen das Rauchen in den Hals geschnitten hat.

»Benjamin Maus, bitte.«

»Moment.«

»Ist heute eingeliefert worden.«

»Ja, hier haben wir ihn. Intensivstation I, Zimmer 12, da den Gang durch, dann erster Stock links, steht dran.«

»Danke.«

Dieser Kampf gegen das Sterben überall. Krücken, Verbände, Apparaturen fürs Überleben. Traurige, hoffnungslose Gesichter. Ines schnürt es die Kehle zu. Seit Bennys Geburt war sie nicht mehr im Krankenhaus. Sechzehn Jahre ist es her, und die Erinnerung ist nicht schön. Es war eine schwere Geburt mit einem Dammriss und hohem Blutverlust. Michael floh schon nach den ersten Wehen, konnte und wollte das nicht miterleben. In den schweren Stunden, in denen sie fast gestorben wäre, war er nicht da, nicht einmal erreichbar. Erst später dann, als es galt, sich in der Vaterrolle vom stolzen Opa fotografieren zu lassen, ließ er sich wieder sehen. Seine alles abweisende Ungeduld, was die Schwangerschaft und die Zeit danach betraf, war zur Zeit der Geburt an einem Höhepunkt angelangt. Das Glücksgefühl, von dem andere Frauen gesprochen hatten, das alle Schmerzen vergessen lasse, wenn man erst einmal das Baby im Arm habe, stellte sich bei Ines nicht ein. Sie wusste nach der Geburt, dass sie sich das um keinen Preis der Welt noch einmal antun würde. Insgeheim – darüber sprach sie aber mit niemandem – musste sich Ines eingestehen, dass sie ihr Kind nicht wirklich liebte, nicht so zumindest, wie die Gesellschaft das als normal ansah und verlangte. Oft hatte sie ein schlechtes Gewissen. Aber als Benny immer mehr seinem Vater zu ähneln begann, ging ihr die ohnehin nur wie eine schwache Kerze flackernde Mutterliebe gänzlich verloren, und sie beschloss, sich und anderen darüber nicht mehr Rechenschaft schuldig zu sein, schon gar nicht den Schwiegereltern. Da man mit ihnen zusammen im Haus wohnte, übernahmen sie immer mehr die Erziehung des Jungen, und als sich Ines und Michael trennten, blieb Benny bei ihnen. Er wollte es so, denn er liebte seine Großeltern mehr als seine Eltern.

Michael ist noch nicht da, als sie den langen Gang mit den schaufensterartigen Scheiben und den Sitzbänken betritt. Eine alte Frau sitzt vor einem der Schaufenster und strickt. Sie grüßt freundlich. Ines steht vor der Scheibe des Zimmers 12. Irgendwo da drin, versteckt hinter Apparaturen, muss Benny liegen, wie ins Schaufenster gestellt.

Er liege im Koma, sei also ohne Bewusstsein, das sei ein kritischer Zustand, sagt Doktor Berner, ein Stationsarzt, der gerade einmal zwei Sätze mit ihr wechselt, allerdings sehr freundlich ist, freundlich und unverbindlich. Man könne, sagt er, über den Grad der Hirnschädigungen noch gar nichts sagen. Morgen früh sei der Chefarzt da, dann habe man erste Untersuchungsergebnisse. Im Moment halte er es noch nicht für angezeigt, zu ihm zu gehen. Es bestehe die geringe Chance, sagt er, dass vertraute Stimmen vom Patienten wahrgenommen würden. Man könne in das Mikro dort unter dem Fenster sprechen. Und sie möge ihn jetzt entschuldigen.

»Das sagen sie immer, dass sie nichts sagen können«, sagt die alte Frau. Das höre sie nun seit acht Monaten. Seit acht Monaten? Ines staunt. Jawohl, acht Monate liege ihr Enkel nun im Koma, ja, in der Tat. Seit acht Monaten sitze sie hier vor Zimmer 11, jeden Tag.

Dann kommt Michael.

Mit seinem für ihn typischen Schlurfen kommt er den langen Gang entlang, als ginge ihn das alles gar nichts an, als handelte es sich um einen Spaziergang im leichten Frühlingswind. Es fällt ihr sofort auf, dass er sich jetzt die Haare färbt. Sabine, die von ihrem Bruder Michael ebenfalls nichts hält, hat das schon einmal erwähnt, Ines wollte es nicht glauben, jetzt aber sieht sie es sofort. Er hatte ja schon leicht graue Schläfen mit seinen achtunddreißig Jahren, und nun färbt er sie. Das ist wegen Conny, seiner jüngsten Eroberung, hat Sabine gesagt. Die will ihn jünger machen, hat sie gesagt, die will ihn »verjüngen«. Sabine Maus, Diplompsychologin, klug, warmherzig, eine Frau, die Ines bewundert. Wegen ihr hat es Ines immer leid getan, dass der Kontakt zur Familie Maus sozusagen eingeschlafen ist. Sabine, die so tapfer ihre Tochter Anouschka alleine erzieht, von dem Vater nichts mehr wissen will, gegen den latenten Widerstand der Familie Maus, deren Einmischungen Ines wahrlich kennengelernt und zehn Jahre ertragen hat.

Da kommt also Michael. Fehlt gerade noch, dass er fröhlich pfeift. Du lieber Gott, was ist er doch für eine alberne Erscheinung, denkt Ines, wie töricht sieht er aus. Und den hat sie geliebt. Hat sie ihn wirklich geliebt? Das fragt sie sich oft. Was war das damals? Ja, er war so anders und gar nicht hinter ihr her, fast schüchtern war er, was man später nicht mehr glauben mochte. Alle waren sie hinter ihr her. Er nicht. Er war einfach da, war rücksichtsvoll, vielleicht sogar liebevoll. Ob sie sich wirklich liebten, das weiß sie heute nicht mehr so genau. Er jedenfalls war stolz, wollte sie haben, arrangierte die Hochzeit. Heiratet man so einen? Was hätte sie tun sollen? Er war der erste Mann, auf den sie sich ernsthaft eingelassen hat. Ja, sie war eine Spätzünderin, hatte sich irgendwie, glaubt sie heute, für den Richtigen aufgehoben, für den Traumprinzen, aber sie war nur von Fröschen umgeben. Nach der ersten Nacht mit Michael, die eigentlich eine Enttäuschung war, war sie schwanger. Gerade zwanzig war sie, er zweiundzwanzig. Sie wollte das Kind, wollte alles richtig machen, eine Familie sein. Über den verzweifelten, letztendlich vergeblichen Versuch, gute Eltern zu sein, ging ihnen alles verloren, was an Liebe vielleicht anfangs da war und woraus etwas hätte werden können. Nein, ohne das Kind wäre es vermutlich eine kurze Geschichte gewesen, einer der Schritte ins Erwachsenwerden. Stattdessen bewiesen sie zehn Jahre lang, dass man der Gesellschaft eine heile Familie vorspielen kann, ohne noch Liebe oder Leidenschaft zu empfinden. Dass sie dazu imstande war, obwohl er sie von Anfang an betrog, dass sie mit ihm und dem Kind zehn Jahre im Haus der Schwiegereltern wohnen konnte, das begreift sie heute nicht mehr.

Da kommt er.

Hallo, Ines!

Hallo, Michael!

4

Frau Körners Enkel liegt im Zimmer 11 im Koma. Täglich sitzt sie da. Ein Mann und die junge Frau stehen vor Zimmer 12. Das sind sicher die Eltern des Jungen, denkt sie, der heute eingeliefert wurde. Wie sie das kennt! Du lieber Herrgott, ja! Fast auf den Tag vor acht Monaten war sie auch zum ersten Mal so dagestanden wie die beiden jetzt. Vor der Scheibe dort, dem Fenster, das wie ein Schaufenster ist, ja, ein Schaufenster, dachte sie damals, sie haben ihn in ein Schaufenster gelegt. Da lag er, wie tot, aber doch lebend, nicht so wie wenn einer schläft, nein, so wie wenn einer tot ist. Sie weiß das schließlich, wie ein Toter aussieht, wie einer plötzlich daliegt und ist tot und ganz weit weg, wie nicht mehr da, so ganz ohne Leben. Vierzehn war sie, da starb ihr Vater, und er war der erste Tote, den sie gesehen hatte. Später dann ihre Mutter. Und dann der Autounfall und der Tod der Eltern des Jungen. Ihre geliebte Tochter, die sie nicht mehr sehen durfte als Tote. Da sei vom Menschen nichts mehr vorhanden, sagten sie. Und dann der Junge, beim Volleyball ist es passiert, wie tot liegt er im Schaufenster. Ihr lieber Junge, ihr Kleiner, ihr Liebster, ihr Enkelchen. Da liegt er immer noch. Er hat doch nur noch sie. Sie sagen nicht, ob und wann er vielleicht einmal wieder wach und gesund sein könnte. Das trauen sie sich nicht zu sagen, weil dann die Angehörigen Hoffnung hätten, eine falsche Hoffnung vielleicht. Sie sagen nichts, weil sie nichts wissen. Und wenn sie etwas wissen, dann sagen sie es nicht. Und so muss man eben geduldig warten. Auf den Tod oder auf das Leben. Auf was für ein Leben? Das wäre dann sowieso auch noch die Frage, was das dann für ein Leben wäre. Ob es überhaupt ein Leben wäre. Ob da der Tod dann nicht das Bessere ist. Ein israelischer Politiker hat acht Jahre im Koma gelegen, dann ist er gestorben. Das hat ihr Mann aus der Zeitung vorgelesen. Willst du acht

Jahre lang jeden Tag da hingehen, Frieda, bis sie dir dann sagen, jetzt ist er tot? Er geht nicht mehr hin. Weil es keinen Sinn hat, sagt er, weil der Junge nichts davon hat. Das kann sie nicht. Ob die beiden, die da jetzt vor Zimmer 12 stehen, in acht Monaten auch noch da sein werden?

5

Manche Neuropsychologen gehen inzwischen davon aus, dass ein Koma kein passiver Zustand, sondern eine aktive Schutzreaktion ist. Die Betroffenen, so die Vorstellung, haben sich zwar nach einer Hirnschädigung auf eine sehr tiefe Bewusstseinsebene zurückgezogen. Mithilfe einer Therapie kann es ihnen aber gelingen, wieder Zugang zur Welt zu finden.

6

Wie stolz war Michael Maus damals. Ines Seidel war in ihn verliebt, nicht in seinen Bruder Andreas. Nein, sie liebte ihn, und er wusste nicht warum, verstand es nicht, war es nicht gewohnt, so geliebt zu werden. Dabei war Andreas hinter Ines her wie der Teufel hinter den armen Seelen. Doch er bekam sie nicht. Alle waren hinter ihr her. Keiner bekam sie. Als stolz und unnahbar galt sie. Sie verliebte sich in Michael, ausgerechnet in Michael, den alle für einen Versager hielten, was er selbst durch nichts zu widerlegen vermochte. Er hatte ja selbst das Gefühl, den Ansprüchen des Vaters und des Bruders nicht zu genügen, schon gar nicht denen einer solchen Frau. Er kam mit Schule und Lehre nur so gerade zurecht. Durch gute Noten glänzte er nicht, eher durch sportliche Leistungen, in die flüchtete er sich, so oft er konnte. Er spielte Tennis, Golf, fuhr Ski, und das tut er heute noch, man kann sagen, mehr denn je, wenn nicht sogar ausschließlich. Denn sein Leben war nicht die Firma geworden. Er schien nicht fürs Arbeiten geeignet. Was er versuchte, misslang, so dass er bald aufgab, Sinnvolles zu leisten. Er fühlte sich bei denen wohl, denen das Geld ermöglichte, nicht über Arbeit, Pflichten und dergleichen nachdenken zu müssen. Sie sind sein Horizont geworden, dort ist seine Welt. Dabei ist er bei ihnen eher ein kleines Licht, einer, den man mitnimmt, gelegentlich aber auch bei Einladungen vergisst, einer, der eigentlich keine Rolle spielt, der sich die Zugehörigkeit zu ihnen erkaufen muss. Schon früh daran gewöhnt, vom Schicksal nicht eben gut bedacht worden zu sein, genügen Michael die Brosamen vom Tisch der Lebemänner, der wirklich Reichen, von deren Launen es abhängt, ob und wann er zu ihnen gehört. Andreas und der Vater schauen sich den Lebenswandel an, sind froh, dass der Ungeschickte, der Bremser aus dem Weg ist, und dulden Michaels Mini-Jetset-Leben, solange es nicht über Gebühr die Finanzen und das Ansehen der Firma Maus belastet.

Dass Ferdinand in diesen seinen ältesten Sohn einmal Hoffnungen gesetzt hatte, will und kann er sich heute nicht mehr eingestehen. Michael war ein fröhliches, phantasievolles Kind, auf das der Vater damals stolz war, das er dem zweiten Sohn, Andreas, gerne vorzog. Während man in den Jahren, da Michael und Ines noch so etwas wie eine Familie darstellten, den Schein des funktionierenden Familienbetriebs im Sinne von Maus & Söhne aufrechterhielt, hat man Michael danach in allen geschäftlichen Entscheidungen übergangen. Mehrfach brachte Andreas schon den Begriff Apanage ins Spiel, gegen den sich aber Vater Ferdinand noch wehrt. Das könnt ihr nach mir halten, wie ihr wollt, sagt er, ganz Familienpatron, solange ich lebe, bleibt es, wie es ist.

Dass Ines damals gleich schwanger wurde, passte Michael bei aller Liebe zu ihr und allem Stolz auf sie zunächst nicht. Nach einigen unbedeutenden Liebschaften hatte er davon geträumt, mit seiner ersten festen Beziehung zu reisen, unbeschwert jung und verliebt zu sein, zu leben; in der Gesellschaft, die ihm so wichtig war, die Rolle des jungen verliebten Paares zu spielen, die Anerkennung zu genießen, die diese Eroberung versprach, beneidet zu werden, vom Leben etwas anderes zu haben, als Eltern zu sein und einen Haushalt zu gründen. Gegen eine Abtreibung, die er in Erwägung zog, sperrte sich Ines heftig. Sie wollte das Kind, was jedermann wunderte. Sie bekam es also, und er spielte gelegentlich die Rolle des fürsorglichen Vaters, aber sehr gegen seinen Willen, was ihm später immer klarer wurde. Ja, wer weiß, vielleicht hätten sie nicht in seinem Elternhaus leben, nicht die Wohnung oben im Dach beziehen sollen. Ines hat, als sie sich trennten, die Nähe zu seinen Eltern, die Einmischungen von Ferdinand und Else, die unselige Stimmung, die da ständig in der Luft lag, als einen von mehreren Gründen für ihr gemeinsames Scheitern genannt. Aber war es denn nicht auch sehr praktisch? Hätten sie nicht reisen können, was von der Welt sehen, während sich die Großeltern um das Kind gekümmert hätten?

Mit Bennys Geburt war ihnen die Liebe abhandengekommen. Auch ihm. Schon die Schwangere war ihm zuwider, er ihr wohl auch. Sie schliefen nicht mehr miteinander, begannen damals schon, eigene Wege zu gehen. Wenn sie stillte, ging er aus dem Raum. Er mochte das nicht. In Wahrheit war er eifersüchtig. Ihre Brüste waren nicht mehr für ihn da. Sie schliefen nicht mehr in einem Bett. Ab und zu, aber immer seltener, fielen sie verzweifelt übereinander her, als könnten sie irgendetwas retten, als hätten sie eine Chance. Danach gingen sie miteinander um wie Fremde, als hätten sie sich zu schämen. Sie hatten und gaben sich keine Chance. Sie gingen verschiedene Wege, Ines eröffnete einen Geschenkartikelladen, Michael pflegte wechselnde, flüchtige Verhältnisse und tauchte wieder ins Partyleben ein – ohne sie. Und doch blieben sie zehn Jahre zusammen.

7

Zwölf Zimmer, zwölf Fenster. Hinter jedem einer, der im Koma oder im Wachkoma liegt, fast alles junge Männer. Auto- oder Motorradunfälle, Schlaganfälle, Sportunfälle. Auch Kinder liegen da. Zwei sind wieder aufgewacht in den acht Monaten, die sie jetzt hier sitzt. Einer war plötzlich tot. Täglich spricht sie zu ihrem Enkel. Alle Geschichten hat sie ihm erzählt, die ihr einfielen. Alles über alle Leute, die sie kennt. Man glaubt ja gar nicht, wie viele Leute man kennt. Die Verwandten zuerst, dann die Bekannten, die Nachbarn, die Mitschüler, die Eltern von den Mitschülern. Alle Namen hat sie aufgesagt. Und von Menschen hat sie erzählt, deren Namen sie gar nicht kennt, nur die Gesichter, Menschen von der Straße, Hundebesitzer, Kunden aus dem Supermarkt, die

Verkäuferinnen. Über alle hat sie ihm alles erzählt, was sie wusste. Tagelang. Wochenlang, Monate. Und Geschichten aus Zeitungen, Klatsch aus Illustrierten. Und seine Schulbücher hat sie dem Jungen vorgelesen. Biologie, Erdkunde, Geschichte. Und auch das Buch über Volleyball hat sie ihm vorgelesen, mehrfach. Anfangs kamen seine Sportkameraden noch her, dann blieben sie weg. Die Eltern des Jungen sind ja tot. Autounfall. Da war der Kleine gerade vier Jahre alt und kam zu seinen Großeltern. Ihr Kleiner. Sie jedenfalls ist jeden Tag da. Einer muss doch da sein, sagt sie sich, wenn er vielleicht einmal aufwacht. Man muss Geduld haben, warten und hoffen und auch beten. Ja, vielleicht beten, auch das. Ja, manchmal betet sie. Ob sie das acht Jahre lang kann und ob sie dann überhaupt noch lebt, weiß sie nicht. Sie ist nicht die Gesündeste. Vor fünf Jahren hatte sie Krebs. Ob sie ihn überwunden hat, weiß sie nicht. Nein, sie darf nicht sterben, solange der Junge noch lebt. Er braucht sie. Er hat doch sonst niemanden. Sie geht zu ihm hinein, setzt sich auf das Bett, nimmt seine Hand und liest ihm vor:

»Volleyball ist eine Mannschaftssportart aus der Gruppe der Rückschlagspiele, bei der sich zwei Mannschaften mit jeweils sechs Spielern auf einem durch ein Netz geteilten Spielfeld gegenüberstehen …«

8

Er habe, sagt Michael, mit Torsten Tennis gespielt. Erst nach dem Duschen habe er die SMS von Conny gelesen, dass was passiert ist. Dann habe er seinen Vater angerufen. Der wusste auch nichts Genaues. Aber er wollte sofort herkommen.

»Was ist denn eigentlich passiert, Ines?«

»Ich weiß es nicht. Ich weiß nur, dass Thomas Benny oben in der Hütte gefunden hat und er bewusstlos war.«

»Hast du mit einem Arzt gesprochen?«

»Kurz, ja.«

»Und?«

»Sie können nichts sagen. Er lebt. Aber er liegt im Koma. Wie lange, das weiß man nicht.«

»Wissen sie es nicht, oder sagen sie es nicht?«

»Mein Gott, Michael, das weiß ich doch nicht. Ich bin seit zehn Minuten hier und habe zwei Sätze mit dem Doktor gesprochen.«

»Ja, und? Was sagt der?«

»Dass Benny im Koma liegt, und dass man noch nichts Genaues sagen kann.«

Michael schaut durch das Fenster, sieht nur Apparaturen.

»Das kennt man ja. Man wird immer verscheißert von denen. Sie können nichts sagen!«

»Michael, bitte, reg dich ab.«

»Ist doch wahr.«

»Bitte benimm dich nicht wie dein Vater, ja.«

»Lass meinen Vater aus dem Spiel – man wird doch noch fragen dürfen. Also, wie heißt der Doktor?«

»Doktor Berner.«

»Es muss doch einer da sein, der zuständig ist. «

»Er ist zuständig und sehr freundlich.«

»Okay. Was sagt er?«

»Benny muss bewusstlos geworden sein. Durch Gas.«
»Durch Gas!?«
»Vermutlich durch Gas.«
»Warum denn durch Gas?«
»Ich weiß es nicht. Wir müssen Thomas fragen, der ihn gefunden hat. Der muss ganz durcheinander gewesen sein.«
»Wer jetzt, Ines?«
»Na, Thomas. Der hat was von Gas erzählt, sagt mein Vater. Jedenfalls sagt Doktor Berner, dass wir nichts tun können, nur warten.«
»Nur warten, na wunderbar.«
»Nur warten und hoffen.«
»Warum können wir nicht hineingehen?«
»Weiß ich nicht.«
»Weißt du nicht, aha. Hast mit dem Doktor gesprochen und weißt nicht, warum wir da nicht hineingehen können. Das ist doch das erste, was man fragt.«
»Ich habe es gefragt, und er hat gesagt, im Moment geht es nicht.«
»Er liegt im Koma, sagst du?«
»Ja.«
»Mein Gott, weißt du, was das bedeuten kann?«
»Natürlich weiß ich das.«
Da stehen sie, ratlos, starren durch das Fenster, vermeiden es, sich anzusehen. Die alte Frau lächelt und sagt:
»Morgen können Sie sicher zu ihm gehen.«
»Ja, das hoffe ich«, sagt Ines.
»Ruf doch mal Thomas an, frag ihn, was da oben passiert ist.«
»Ich hab's versucht. Er geht nicht dran. Wann hast du Benny das letzte Mal gesprochen?«
»Vor drei, nein, vier Wochen. Ja, ich war ja vier Wochen Skifahren. Es war davor, vielleicht waren es auch fünf oder sechs

Wochen. Er hat sich Geld geholt. War aber gleich wieder weg. Und du?«

»Vor drei Wochen kam er mal im Laden vorbei, mit seiner Freundin, der Türkin, sehr nett. Er brauchte Geld.«

Ines zeigt auf das Mikro unter dem Fenster.

»Da in das Mikrophon da, da sollen wir hineinsprechen.«

»Wozu das?«

»Es kann sein, sagt Doktor Berner, dass er vertraute Stimmen versteht, dass er was hört, im Unterbewusstsein oder so.«

»Da hinein?«

»Ja.«

»Ines, das gibt es doch nicht.«

»Doch, sagt er.«

»Hast du schon was gesagt?«

»Nein. Das ist so komisch, ich meine, was sagt man denn?«

»Du könntest dich ihm vorstellen. Du könntest sagen, Benny, hör mal, hier spricht deine Mutter.«

»Es ist ja nicht sicher, ob er überhaupt etwas versteht.«

»Benny, hör mal, hier spricht dein Vater. Das hat ja keinen Sinn. Wenn er nichts versteht, ist es umsonst. Und wenn er was versteht, dann muss ich mich ja nicht vorstellen, oder? Ich meine, wenn er vertraute Stimmen versteht, dann erkennt er einen ja.«

9 Der Rat, Patienten nicht aufzugeben und sich mit ihnen intensiv zu beschäftigen, ist alt. Schon in der Antike mahnte der griechische Arzt Hippokrates von Kós (460–375 vor Christus) dazu, Komapatienten starken Reizen auszusetzen, um sie nicht zu verlieren. Zwar sieht Koma für Außenstehende oft wie Bewusstlosigkeit aus, weil keine Kommunikation möglich ist. Letzte Sicherheit darüber, was ein solcher Patient von seiner Umwelt wahrnimmt, gibt es allerdings nicht.

10 Von seinem Sohn Michael hält Ferdinand Maus nicht mehr viel. Irgendwie war der von Anfang an ein Versager. Immer war er schlecht in der Schule. Hat mit Mühe einen Abschluss gemacht. Dabei war er so ein fröhliches Kind, voller Phantasie, ein Wonneproppen, wie Ferdinand immer sagte. Lange hat er geglaubt, der Junge käme nach ihm, habe seine Art, durchs Leben zu gehen. Sogar stolz war er auf ihn. Er zog ihn lange dem zweitgeborenen Andreas vor, was für den, der so ganz anders war, so ruhig, so strebsam, nicht einfach war. Mit dem Älterwerden kamen Michaels Defizite zum Vorschein. Sie haben sich immer wieder gefragt, wo das nur herkommen mag in dieser Familie. Ausgerechnet der Älteste. Immer haben die Ältesten die Firma übernommen. In vierter Generation heißt es »Ferdinand Maus bringt Wasser ins Haus«. Sanitär Maus. Gegründet 1948. Immer hießen die ältesten Söhne Ferdinand. Der Vater, der Großvater, der Urgroßvater. Else war dagegen gewesen, dass es wieder einen

Ferdinand geben sollte. Als hätte sie geahnt, dass es bei dem für einen Ferdinand Maus nicht reichen würde. Also hieß er Michael, nach ihrem Vater. Michael, der Träumer, der Versager, der Junge mit den zwei linken Händen. Nichts Vernünftiges im Kopf und nichts in den Händen. Kein Maus, ein Mäuschen, allenfalls das. Schon früh war allen klar, aus dem würde kein guter Handwerker werden. Aber auch kein Ingenieur oder so was. Nichts davon. An ein Gymnasium war gar nicht zu denken. In einem fremden Betrieb hätte er es nie zur Gesellenprüfung geschafft. Das immerhin hat man mit vereinten Kräften hingekriegt. Andreas, der zweite Sohn, zwei Jahre jünger als Michael, ist das ganze Gegenteil. Er schmeißt den Laden, was in diesen Zeiten nicht einfach ist. Immerhin hat er nach einem BWL-Studium noch den Meister gemacht. Er hat jetzt acht Lehrlinge und vier Gesellen, einen Werkstattmeister. Vor ein paar Jahren hat er noch ein Elektrogeschäft dazugenommen. Jetzt heißt es Elektro-Sanitär Maus & Söhne. »Maus bringt Wasser und Licht ins Haus«. Der Laden läuft. Andreas war immer ehrgeizig und korrekt, für seinen Vater manchmal zu streng, zu langweilig, zu verbissen, ganz das Gegenteil des Möchtegernlebemanns Michael. Dass er Andreas damals unter Druck gesetzt hat, damit der den Laden weiterführt, das blendet Ferdinand gerne aus.

Warum es mit Andreas' Frau Sonja nicht geklappt hat, weiß er nicht. Vor einem Jahr hat sie ihn verlassen. Ist einfach so davongelaufen, die blöde Kuh.

11 Menschen im Koma und Wachkoma verfügen über die Fähigkeit, innerlich auf Reize zu reagieren, noch bevor es zu äußerlich wahrnehmbaren Verhaltensänderungen kommt. Aus dieser Sicht ist das Koma eine aktive, bis auf tiefste Bewusstseinsebenen zurückgenommene, extreme Art des Lebens am Rande des Todes.

12 Muss es ausgerechnet der sein? Ein Maus, einer aus dieser Angeberfamilie. Und noch dazu der windige, der Faschingsprinz. Was ist los mit unserer Tochter? Was hat die für einen beschissenen Geschmack, Elfriede? Sag es mir.« Das sagte Siegfried Seidel damals zu seiner Frau Elfriede, als Tochter Ines von Michael Maus schwanger war und heiraten wollte.
Man kann sich, zu der Einsicht musste er schließlich kommen, seine Verwandtschaft ja nicht aussuchen. Die Kinder heiraten und bringen einen mit Menschen zusammen, die man lieber gemieden hätte, Menschen von der Sorte, wie Siegfried Seidel zu sagen pflegte, die man eigentlich nicht mit der Zange anfassen möchte. Schon über die allzu schnelle Verbindung ihrer Tochter Ines mit Michael Maus waren Siegfried und Elfriede Seidel nicht glücklich. Was findet sie an dem Dummkopf, dachte Siegfried damals, nachdem er Michael näher kennengelernt hatte. Eine Frage, die Elfriede denn doch zu weit ging. Zunächst wollte sie Schönes und Gutes, innere Werte und äußere Attraktivitäten am Schwiegersohn sehen, schloss sich später aber dem Urteil ihres Mannes

an, der feststellte, dass aus diesem Stall außer Sabine nichts Vernünftiges kommen konnte. Die Mäusemänner – alle bescheuert, sagte sie. Fand Siegfried Michael Maus einen schlichten Dummkopf, so war Ferdinand Maus, sein Vater, für ihn ein angeberischer Kotzbrocken, ein Sprücheklopfer, ein rücksichtsloser Aufschneider, einer von den Kleinunternehmern, die, als Siegfried noch im Bauamt saß, zu seinen ungeliebtesten Klienten gehörten. Sie ließ er alle Willkür seines Amtes spüren, zu der er sonst eigentlich nicht fähig war. Sie bekamen bei ihm keinen Stich. Bei denen hörte das gut geschmierte System des Eine-Hand-wäscht-die-andere zu funktionieren auf. Die Maschinerie streikte. Dass Ferdinand Maus und sein Sohn Andreas sofort auf die durch die neuen Verwandtschaftsverhältnisse gewonnenen Beziehungen setzen wollten, stieß Seidel derart unangenehm auf, dass er es früh schon verstand, jegliche Spekulation auf Sonderbevorzugung bei der Vergabe städtischer Aufträge im Keim zu ersticken und im Ernstfall gerade nicht zuständig zu sein.

Nun hatte sich Ines ausgerechnet in diesen Michael Maus verguckt und war im Nu schwanger. Man musste, ob man wollte oder nicht, gute Miene zum bösen Spiel machen, denn Ines setzte alles daran, ihre Wahl zu rechtfertigen und den Segen der Eltern und der beiden Brüder dafür zu bekommen. Geradezu besessen verfolgte und erzwang sie eine Familienzusammenführung, als sei das irgendeine Garantie für Glück oder dergleichen. Mahnungen seitens der Eltern, doch um Gottes willen nicht dort in das Haus zu ziehen, schlug sie aus. Ist das noch unser Kind?, fragten sich Seidels oft. Wie kann es sein, dass diese Tochter sich auf den ersten Verehrer stürzte, den man im Zusammenhang mit ihr zu Gesicht bekam, als müsste sie schon Torschlusspanik haben mit ihren damals gerade zwanzig Jahren?

Und dann, zehn Jahre später, die überfällige Trennung, deren Ergebnis für Siegfried und Elfriede war, dass ihnen das einzige Enkelkind, dessen sich die Familie Maus bemächtigte, endgültig entzogen wurde. Vergeblich versuchten sie, Ines, die ja nun eine eigene Wohnung und eine gewisse Unabhängigkeit mit ihrem Laden hatte, zu bewegen, Benny zu sich zu nehmen, ihm eine gute und sorgende Mutter zu sein. Doch das wollte sie nicht, zumal sich der Junge emotional ohnehin für die Mäuse-Großeltern entschieden hatte.

13

»Else!? --- Ich bin's. --- Ich bin auf dem Weg ins Krankenhaus. Irgendwas ist mit Benny passiert. --- Weiß ich noch nicht. Thomas Seidel hat ihn gefunden – oben in der Hütte. --- Keine Ahnung – bin auf dem Weg – zum Krankenhaus, ja. --- Natürlich sage ich dir sofort Bescheid – ja, sobald ich weiß, was los ist. --- Nun mach dich nicht verrückt. --- Vielleicht ist es harmlos. Bestimmt ist es das. Es ist bestimmt harmlos, Else. Also, bis später, tschüss.«

Schon ärgert sich Ferdinand, dass er sie angerufen hat, ehe er weiß, was mit Benny los ist. Warum die Pferde scheu machen, das ist doch sonst seine Devise. Was sie sich aber auch gleich aufregt. Das hätte er sich doch denken können. Jetzt sitzt sie da, im Rollstuhl, vermutlich vor dem Fernseher, und sorgt sich um ihren Jungen, der ja ihr Ein und Alles ist.

Es ist dichter Verkehr. Er kommt nur langsam vorwärts. Und keiner ist an der Verzögerung erkennbar schuld. Keiner, den er anschreien oder verfluchen kann.

Was mag denn nur mit Benny passiert sein? Thomas hat ihn also gefunden. Was heißt das? Thomas, der Spinner. Ob er mit schuld ist an dem, was passiert ist? In der Hütte oben hat er ihn gefunden. Was wollte Benny in der Hütte? Gut, er ist manchmal da hinaufgefahren. Aber doch nicht alleine. Nicht alleine? Ist er mit dem Thomas da raufgefahren? Er hat ja an dem immer so einen Narren gefressen, was Ferdinand gar nicht gefällt. Zumal man ja nicht genau weiß, ob der nicht eine Schwuchtel ist. Ferdinand malt sich schaurige Bilder aus von der Verführung des Jungen durch Thomas. Ekelhaft, diese Bilder, er schiebt sie weg, kommt am Krankenhaus an, findet keinen Parkplatz. Endlich Grund zu fluchen. Das ist hier immer so. Immer, wenn er jemanden hier besuchen musste, kein Parkplatz. Da sind fünf reservierte Parkplätze, drei davon frei. »Dr. Keim – Dr. Korczinek – Dr. Sebald«. Ja, wenn diese Arschlöcher nicht da sind, kann ich mich doch da hinstellen, sagt sich Ferdinand. Und er tut es, setzt seinen Mercedes auf den Parkplatz von Dr. Korczinek. Wo mag der herkommen? Balkan, sicher Balkan. Korczinek, komischer Name.

Er schreibt auf einen Zettel »Notfall«, steckt ihn hinter die Scheibenwischer und geht zum Eingang.

Kurz darauf stehen Ines und Michael, zwei ratlose Menschen, vor ihm, so dass er unverzüglich das Gefühl hat, hier die Dinge in die Hand nehmen zu müssen.

»Und wie ist das verdammt noch mal passiert?«

»Wir wissen es nicht.«

»Man muss Thomas fragen. Er hat ihn gefunden.«

»Weiß ich. Habt ihr mit einem Doktor gesprochen?«

»Ja. Ich hab mit ihm gesprochen. Nur kurz.«

»Wie heißt er?«

»Berner. Doktor Berner.«

»Und was sagt er?«
»Er kann noch nicht viel sagen.«
»Wie, er kann nicht viel sagen?«
»Ines sagt, dass er gesagt hat –«
»Er kann nichts sagen, sagt er.«
»Wofür ist er dann Doktor?«
»Man muss abwarten.«
»Ist der Kerl eine Kapazität?«
»Er ist hier der Stationschef.«
»Oder ist er irgendein Pfuscher?«
»Was weiß man.«
»Er ist freundlich.«
»Freundlich sein kann ich selbst. Ich muss mit dem Kerl sprechen. Ich muss wissen, ob der eine Ahnung hat. Ich – wo ist der Kerl?«
»Er ist nicht da. Nur eine Vertretung.«
»Wie, nur eine Vertretung?! Mein Enkel liegt hilflos da und der Kerl schickt eine Vertretung!«
»Papa, der hat eben auch mal Feierabend.«
»Eben.«
»Wenn mein Enkel –«
»Jetzt beruhige dich doch, Papa. Beruhige dich.«
»Wenn mein Enkel da zwischen Leben und Tod schwebt, dann hat der Kerl keinen Feierabend zu haben!«
»Hier schweben immer Menschen zwischen Leben und Tod.«
»Aber die sind nicht meine Enkel, Ines.«
»Benny liegt im Koma. Da kann man nichts tun als warten, sagt Doktor Berner.«
»Können wir hineingehen? Warum gehen wir nicht hinein. Ich will zu meinem Jungen.«
»Das geht nicht.«
»Wie, das geht nicht?«

»Wir sollen durch das Mikrophon da zu ihm sprechen.«
»Was!?«
»Ines sagt, dass der Doktor gesagt hat, dass man da bei diesem Mikro hineinsprechen kann und dass er das eventuell hört und versteht.«
»Wenn es eine vertraute Stimme ist.«
»Durch das Ding da?«
»Durch das, ja.«
»Nein?«
»Doch.«
»Und? Habt ihr was hineingesprochen?«
»Noch nicht.«
»Warum nicht?«
»Wir wussten nicht –«
»– was sagt man –«
»– sagt man, hier spricht dein Vater –«
»– oder hier spricht deine Mutter – oder wie?«
»Was seid ihr nur für Eltern. Na, aber gut, darüber ist ja kein Wort mehr zu verlieren. Geschenkt. Jawohl, geschenkt. Armer Junge. Da braucht er einmal im Leben seine Eltern. Da verlangt der Junge einmal in seinem Leben etwas anderes als Geld. Ja, Geld geben. Immer nur Geld geben, das könnt ihr – schämen muss man sich für einen solchen Sohn und für eine solche Schwiegertochter, schämen, jawohl, schämen. Der arme Junge. Womit hat der das verdammt noch mal verdient? He? Womit, das sagt mir einmal, womit!?«
»Mein lieber Schwiegervater, ich kann mich nicht daran erinnern, dass er von dir schon einmal etwas anderes als Geld bekommen hat.«
»So kannst du das nicht sagen, Ines.«
»Sag du mir nicht, was ich sagen kann und was nicht.«
»Ich habe ihm meine Liebe gegeben. Ich habe ihm ein Bett

und ein Zimmer gegeben, falls ihr das vergessen habt. Ein Zuhause habe ich ihm gegeben, das ihr ihm nicht bieten wolltet oder konntet oder weiß der Himmel.«
»Schon gut, Papa. Es ist nicht der Ort und die Zeit zu streiten.«
»Ja, Kinder, streitet nicht. Schämt euch, was ihr für Eltern seid. Da braucht der Junge eure Hilfe. Da schwebt der Junge in Todesgefahr, kämpft um sein Leben, um sein junges Leben, um sein verdammtes junges Leben. Und ihr streitet und ihr seid nicht in der Lage, mit dem Jungen zu reden, ihm zu sagen, hier stehen wir, wir sind deine Eltern, wir sind für dich da, wir halten zu dir, es tut uns leid, dass wir dir schlechte Eltern waren, aber jetzt halten wir zu dir, mach dir keine Sorgen. Schämt euch! Ich werde zu ihm sprechen. Da hinein?«
»Da hinein. Der Doktor hat es gesagt.«
»Es besteht die Möglichkeit, dass er etwas hört und versteht.«
»Im Unterbewusstsein, hat der Doktor gesagt.«
»Und ihr seid sicher, der Doktor hat eine Ahnung, wovon er redet?«
»Mein Gott, ja, Papa, er ist der Stationsarzt.«
»Nur Stationsarzt? Oje! Dafür nehmen sie gerne die Stümper, die Anfänger, die keine Ahnung haben. Wenn er was kann, wenn er eine Kapazität ist, dann ist er der Chefarzt. Ich verlange, dass wir mit dem Chefarzt reden.«
»Der Chefarzt kommt morgen. Der hat heute frei. Dr. Berner ist seine Vertretung.«
»So, der hat frei!«
Ines wird ungehalten. Warum, fragt sie sich, stehe ich hier nicht alleine? Warum bin ich diesen beiden Idioten ausgeliefert? Ja, sie denkt: Idioten.
»Verdammt, ja«, sagt sie energisch, »er hat frei, er hat eine Vertretung. Morgen können wir mit ihm sprechen. Morgen

früh ist er wieder da. Morgen früh kannst du mit dem Chefarzt sprechen, wenn du das willst. «

»Morgen früh kann es zu spät sein. Morgen früh kann der Junge schon tot sein. Ich spreche mit ihm. Jawohl. Er soll wissen, dass sein Opa für ihn da ist. Mein Junge, Benny, mein Junge, hörst du mich? Hier steht dein Opa Ferdinand und spricht zu dir. Hörst du mich?«

»Er kann doch nicht antworten, mein Gott, Papa, er liegt im Koma.«

»Das sehe ich, und das weiß ich, verdammt noch mal, spar dir deine Belehrungen. Mein Junge, Benny, mein guter Junge, hier spricht dein Opa. Dein Opa spricht zu dir. Ich weiß, dass du mich hörst. Nein, du kannst nichts sagen. Das weiß ich. Ich will nur sagen, mein Junge, dein Opa hält zu dir. Dein Opa verlässt dich nicht. Du schläfst dich gesund, mein Junge und dann wird alles gut. Ja, es wird alles gut. Morgen machst du die Augen auf, und dein Opa ist da, und alles ist gut. Mein Junge, ich verspreche dir hier und jetzt und hochheilig: Ich weiche nicht von dieser Stelle, ehe du nicht die Augen aufmachst. Das verspreche ich dir, so wahr ich dein Opa Ferdinand bin. Es wird alles gut, mein Junge. Und ich verspreche noch etwas: Auf den Knien rutsche ich höchstpersönlich und eigenhändig nach Lourdes zur Heiligen Muttergottes und danke ihr dafür, wenn du wieder die Augen aufmachst. So wahr ich dein Opa bin, das verspreche ich hier vor Zeugen. So. Nun weiß der Junge wenigstens, woran er ist. Nun weiß er, dass man sich um ihn kümmert. Herrgott, wie konnte das nur passieren?«

»Man muss Thomas fragen.«

»Der hat ihn gefunden.«

»Entschuldigt, muss mal Else anrufen, die macht sich ja Sorgen.«

14 Im Zentrum der Komatherapie steht zunächst die Behandlung der Erkrankung, die das Koma ausgelöst hat. Darüber hinaus müssen Menschen im Koma in der Regel intensivmedizinisch versorgt werden. Je nach der Tiefe des Komas werden sie künstlich ernährt oder sogar beatmet. Hinzu kommen mitunter physiotherapeutische und ergotherapeutische Maßnahmen.

15 Während Ferdinand, wie er sagt, die Stellung hält, verlassen Ines und Michael das Krankenhaus. Sie gehen nebeneinander her, sprechen nicht. Ines weint, was Michael gar nicht wahrnimmt. Sie ist mit dem Bus hergekommen, und er bietet ihr an, sie mit in die Stadt zu nehmen. Sie sitzt neben ihm im Porsche, den er zu schnell, zu angeberisch durch die Straßen jagt.

»Sag mal, Ines, wie alt ist eigentlich dein Freund, der, dieser – äh –«

»Rüdeger. Du kannst dir seinen Namen ruhig merken.«

»Schon gut. Rüdiger, also, wie alt ist er?«

»Rüdeger mit e.«

»Jaja. Wie alt ist er? Fünfundzwanzig? Achtundzwanzig?«

»Warum fragst du ihn nicht selbst?«

»Weil mir der Herr Lehrer auf die Frage hin womöglich einen langen supergescheiten Vortrag über das Alter halten würde und weil mich das nicht interessiert, wenn er schlau daherredet.«

»Er ist eben klüger als du. Das kannst du nicht haben, was?

Solltest du dich aber dran gewöhnen. Das wird noch häufiger vorkommen «

»Meinetwegen ist er so klug, wie er will. Und meinetwegen weiß er, was er will. Kümmert mich nicht. Soll er ins Fernsehen gehen damit. Alles über den Sex mit einer älteren Frau, oder –«

»Kannst du mal langsam die Luft anhalten, Michael?!«

»Ines, mal ehrlich – unter uns –, bringt das mehr, wenn einer so jung ist wie der?«

»Was soll das, Michael?«

»Ganz einfach: Es interessiert mich, wie das für eine Frau so ist mit einem jüngeren Mann.«

»Was willst du wissen!?«

»Ich meine, so ein junger Mann, was weiß der schon.«

»Mehr als du je wissen wirst, Michael.«

»Nanana, warum so patzig, Schatz.«

»Du nennst mich nicht Schatz.«

»Okay, okay. Na ja, wir waren auch mal so jung. Aber heute sind die anders – wie soll ich sagen –, ich hab das Gefühl, die interessieren sich gar nicht mehr für Sex, die –«

»Michael, was willst du?«

»Ich darf mich doch dafür interessieren, was meine Immernoch-Frau so treibt.«

»Willst du Geständnisse über mein Sexualleben nach dir? Das steht dir nicht zu. Ich frage dich doch auch nicht.«

»Nein, das steht mir nicht zu, aber – ich – äh – – äh – ich glaube – ich – wie soll ich sagen –«

»Deine Umständlichkeit immer – äh und äh und äh!«

»Ich will sagen, ich glaube, dass es mit uns damals so war – das ist ja nicht deine Schuld gewesen.«

»Was soll meine Schuld gewesen sein?«

»Ich sagte, ›nicht deine Schuld‹.«

»Und was war ›nicht meine Schuld‹?«
»Dass du – äh – dass du nie einen Orgasmus hattest. – Ist es – ich meine, es war doch so?«
»Vielleicht, ja, Michael, vielleicht.«
»Wie vielleicht!? Du willst doch nicht behaupten, dass du dich nicht daran erinnerst, ob du einen Orgasmus hattest oder nicht.«
»Hab ich das gesagt!?«
»Was? Wie?«
»Ich habe nicht gesagt, dass ich mich nicht erinnern würde.«
»Also nicht. Du hattest nie –«
»Hab ich das gesagt!?«
»Nein – ja – aber – äh –«
»Ich habe gesagt, dass ich mich sehr wohl erinnern würde.«
»Würde! Würde, das heißt, dass ich recht habe, das heißt das doch, Ines –?«
»Vielleicht.«
»Ja was denn nun?«
»Michael, du willst doch nur hören, dass du immer ein toller Kerl warst und dass es meine Schuld war, dass ich nie einen Orgasmus hatte.«
»Also hattest du nie einen. Nichts anderes wollte ich –«
»Hör mal, es ist seit fünf Jahren mit uns aus. Und wäre das mit dem Jungen hier nicht, wir hätten uns nicht getroffen. Was soll also das alles jetzt?«
»Es wäre heute anders mit uns.«
»Wäre es nicht.«
»Wir sind älter –«
»Zu spät. Auch wenn das in deinen Kopf nicht hineingeht, aber ich liebe Rüdeger. Und noch was: Hätte ich den Jungen damals nicht bekommen, ich wäre nach dem ersten Jahr weg gewesen. Die Jahre mit dir waren verlorene Jahre, Michael.«

»Nanana. Wir haben es sehr schön gehabt, oft, Ines, oft haben wir es sehr schön gehabt.«

»Komisch, dass ich mich daran gar nicht erinnern kann.«

»Und wir könnten es immer noch – weißt du, weil – wie soll ich sagen – ich liebe dich immer noch irgendwie.«

»Michael, lass das. Was soll deine Conny dazu sagen? Erzähl der was von Liebe. Oder deinen anderen Weibern.«

»Dein Kerl ist doch noch mit der aus dem Juwelierladen verheiratet, nicht?«

»Ja und?«

»Was sagt die dazu?«

»Das kann mir egal sein und dir sowieso. Und jetzt halte bitte an, ich will aussteigen.«

16

»Else, wir fahren nach Lourdes! Ja, hab ich dem Jungen versprochen --- ja, ich bin's. Mein Gott, wer sonst? -- Ja, also, Else, mach dir mal gar keine Sorgen, ja. -- Nein, musst du nicht. Ist halb so schlimm. Der Junge schläft. Schläft sich quasi gesund. Jaja, da sieht die Welt morgen gleich anders aus. Was? -- Ja, ich hab ihm klargemacht – bitte? -- Ja, hab ich ihm gesagt. Deine Oma und dein Opa sind für dich da, hab ich ihm gesagt, ja. -- Jaja, hab ich ihm gesagt. -- Ja, gerade habe ich mit ihm gesprochen -- Bitte? Was? Ich habe zu ihm gesprochen – Ja, er kann ja nicht antworten – heute noch nicht – morgen – jaja. Ja, mit dem Doktor habe ich auch gesprochen – natürlich – Else, wer bin ich? – Ja – ja jetzt --- in diesem Augenblick --- bitte? Ja, ein sehr freundlicher Arzt. Professor Frank. --- Natürlich der Chef, was denkst du denn! Glaubst du, ich lasse irgendeinen --- Ja, Professor Frank ist eine absolute Kapazität, ja, eine Kapazität, ja. Hab ich mich natürlich sofort erkundigt, versteht sich. Der hat ja den Heinz seinerzeit am Herzen operiert --- Doch, am Herzen, ja. -- Jaja, der hat alles im Griff, musst du dir keine Sorgen machen. -- Aber Liebe, du kennst doch deinen Ferdinand. Natürlich. Hat alles. Nein, es fehlt ihm an nichts. Selbstverständlich hat der Junge ein Einzelzimmer, sehr schönes Einzelzimmer -- der braucht seine Ruhe, ist doch selbstverständlich. Wer bin ich, dass ich - - Eben. Du sagst es. -- Wissen wir auch noch nicht. Thomas muss es wissen. Er hat ihn ja gefunden, oben in der Hütte --- Ich ruf dich dann an, ja. Tschüss -- Jaja ja, es steht um den Jungen bestens, musst du dir keine Sorgen machen -- Nein. Aber woher denn?! Und, Else, wenn der Junge wieder gesund wird, fahren wir nach Lourdes. Das hab ich geschworen.--- Wie? Na ja, wir nehmen den Kombi, dich mit dem Rollstuhl hinten rein, und los geht's. --- Eben, vielleicht hilft dir die Heilige Muttergottes auch. Hat man ja schon die dollsten Sachen gehört - Blinde haben wieder gesehen, an den Rollstuhl Gefesselte wie du sind aufgestanden und gegangen, Else, ja, man darf die Hoffnung nie aufgeben, die Hoffnung stirbt zuletzt, sagt man doch. --- Nein, ich bleibe hier, bis sich was tut. Ich lasse doch den Jungen nicht im Stich. --- Kannst dich auf deinen Ferdinand verlassen - mach ich.«

Als Ferdinand das Krankenhaus verlässt, ist sein Wagen abgeschleppt. Auf dem Platz steht der Porsche von Dr. Korczinek.

17 Bei Menschen im Koma oder mit minimalem Bewusstseinszustand fordern Komaforscher zunehmend dauerhafte Therapiemaßnahmen, die dem Gehirn Sinnesreize anbieten. Ein Gehirn, das so angesprochen wird, nimmt mit größerer Wahrscheinlichkeit wieder seine Arbeit auf. Das können Massagen, farbiges Licht, Bewegung im Wasser oder Musik sein, vor allem aber liebevolle Berührungen und die direkte Ansprache des Patienten. Bei der Aktivierung sollten die Angehörigen eine zentrale Rolle spielen.

18 »Was soll ich wissen?«
Alle fragen sie jetzt: »Thomas, was ist passiert?«
Ich weiß es doch nicht. Ich hab ihn doch nur gefunden. Habe geglaubt, dass er tot ist. Jetzt lebt er, sagen sie. Ob das wahr ist. Auch das weiß ich nicht. Das weiß doch keiner wirklich. Er rührt sich ja nicht. Die können einem doch viel erzählen. Da sagen sie, der liegt im Koma, und wenn sie dann das Bett brauchen, heißt es, jetzt ist er tot. Der arme Junge. Ich habe meine Schwester nie verstanden. Sie hätte ihn zu sich nehmen sollen nach der Trennung von Michael. Dass sich der nicht kümmern würde, das war doch klar. Der ist doch wie der alte Maus. Flotte Sprüche, aber nichts dahinter. Ines war doch eine gute Mutter? Oder vielleicht auch nicht. Das weiß ich nicht. Sie wird doch ihr einziges Kind geliebt haben, ihren einzigen Sohn. Er war so ein aufgewecktes Kind, kam ganz nach ihr, nach unserer Familie, finde ich. Sie behauptet, dass das nicht so ist, sieht Ähnlichkeiten zu Michael. Der ist ein

Maus, sagt sie. Da überlässt sie den Jungen mit zehn Jahren den Großeltern, diesen Großeltern. Denn seien wir mal ehrlich, was sind das für Leute! Der Alte und Andreas haben nur das Geschäft im Sinn. Die denken nur ans Geld. Andreas kommt, was das Geschäftliche betrifft, ganz nach seinem Vater. Er ist klüger als sein Bruder Michael. Darum ist er auch der Chef. Hat nach dem Alten das Sagen. Das muss man erst einmal bringen, neben Ferdinand Maus was zu sagen zu haben. Das muss man bringen. Und Andreas bringt es. Aber er ist ein Langweiler. Darum hat ihn seine Frau verlassen, Sonja, eine patente Frau, war wichtig für den Laden, hat das Büro gemanagt. Michael wird mit Geld gefüttert, damit er sich raushält, damit er die Schnauze hält. Fährt Porsche, kriecht reichen Leuten in den Arsch, treibt sich mit jungen Weibern rum. Ein Partyheini. War Faschingsprinz. Das hat Ines dann mit Recht nicht mehr ertragen. Seit sie ihn verlassen hat, ist er völlig durchgeknallt. Der denkt, er ist der junge Krupp. Conny, seine jetzige Freundin, Mitte zwanzig wird sie sein, ist ein dummes Partymädchen. Dumm wie ein Stuhl, aber biegt sich den Kerl zurecht, wie sie will. Wenn es bei dem überhaupt was zu biegen gibt. Bei der bleibt er wohl hängen, die legt es drauf an. Das ist mir aber egal. Was gehen mich diese Leute an? Wenn Benny nicht wäre, hätte ich doch mit denen gar nichts zu tun. Und der Alte? Ferdinand Maus? Ein Besserwisser, ein Sprücheklopfer, rührt selber keinen Finger, aber weiß alles besser.
Aber der Laden läuft, das gibt ihnen recht. Da können sie sich alles herausnehmen. Was haben sie für ein Theater gemacht, als Ines Michael verlassen hat! Ihren Michael! Als Hure haben sie sie beschimpft, weil sie sich in einen anderen verliebt hat. Warum hat sie sich denn verliebt? Weil sie neben diesem Versager erfroren wäre. Diese Leute reden dau-

ernd von Familie und Zusammenhalt und was weiß ich. Aber wie sieht es aus? Else, die Alte, hat MS, sitzt im Rollstuhl und versauert zu Hause. Die schieben sie morgens vor den Fernseher und kümmern sich nicht. Da hockt sie den ganzen Tag und kommt nie raus. Und Ferdinand zieht durch die Kneipen, haut auf den Putz und tigert irgendwelchen Halbnutten hinterher. Golfclub, Kegelclub, überall macht er sich wichtig. Solche Leute sind das. Und denen hat Ines den Jungen überlassen. Was hab ich seinerzeit auf sie eingeredet. Der ist ein Maus, der gehört da hin, lass ihn, sagte sie. Wenn ich damals eine Familie gehabt hätte, ich hätte ihn zu mir genommen. Aber das hätten sie wohl nicht zugelassen. Ich wollte mit denen ja nichts mehr zu tun haben. Aber jetzt, das Unglück mit Benny, da ist alles anders. Da sieht man sich, muss sich sehen, ob man will oder nicht. Ich habe den Jungen gerngehabt. Gehabt, sage ich schon, mein Gott. Manchmal hab ich ihn mitgenommen. Zum Autorennen, ins Stadion, im Winter zum Eishockey oder auf die Jagd. Er war so neugierig, so lustig. Wir haben viel Spaß gehabt, viel gelacht. Einmal hat er mich gefragt, ob ich schwul bin. Wie kommst du denn dadrauf?, hab ich gesagt. Mein Opa sagt, hat er geantwortet, wenn einer wie der Thomas mit über dreißig noch keine Frau hat, dann ist er sicher schwul. So ist der Maus.
Ach, der arme Junge: Da liegt er jetzt da in dem Glaskasten. Ob das noch mal was wird?
Thomas, was ist passiert?, fragen sie. Ich glaube ziemlich sicher, dass ich weiß, was passiert ist und warum. Es gibt einen Schuldigen. Und ich weiß auch, wer das ist. Aber ich sage es nicht. Noch nicht. Wenn ich das sage, dann kracht es im Gebälk. Dann ist aber was los, dann ist die Kacke am Dampfen. Dann haben sie ein Problem. Dann geht bei Sanitär-Elektro

Maus & Söhne das Licht aus, und das Wasser steht ihnen bis zum Hals. Garantiert.
Irgendwann sage ich es. Jawohl, wenn der Junge stirbt, dann sage ich es. Das schwöre ich.

19

»Hallo Frank!«
»Na, Ferdinand, alles klar?«
»Nichts ist klar. Alles ist unklar.«
»Ist der Junge wieder okay?«
»Der Junge ringt um sein Leben, Mann, und du fragst, ob er okay ist.«
»Schon gut, Ferdinand, reg dich ab. Gott, ich weiß doch nichts. Thomas hat meinen Vater angerufen, der mich mitten in einer Protokollierung, na egal. Aber was passiert ist, hat ja keiner gesagt. Irgendwas von Gas hat mein Vater gesagt, aber dass er eben auch nichts weiß, weil Thomas ja nichts gesagt hat, außer was von Gas. Und er war auch ziemlich durcheinander, sagt mein Vater. Sonst hab ich ja niemanden erreicht. Ich war mitten in einer Protokollierung.«
»Wie oft redest du jetzt noch von deiner beschissenen Protokollierung?«
»Na, Ferdinand, wieder total charmant heute, was?«

Er nun wieder! Kommt daher, als handelte es sich hier um eine Party. Er, Frank Seidel, Rechtsanwalt und Notar, vierzig Jahre alt, immer bestens angezogen, immer gut gelaunt, immer strahlend, was kostet die Welt. Ob ihm klar sei, fragt Fer-

dinand Maus, dass es sich hier um eine höchst traurige, um nicht zu sagen dramatische Angelegenheit handelt? Ein Familiendrama sei das hier, und ob ihm das denn klar sei, ob er das sehe.
Sie beide, Ferdinand und er, antwortet Frank mit der seine Schriftsätze auszeichnenden Verliebtheit in Wörter und Sätze, sie beide stünden sich doch, was die gnädige und freundliche Betrachtung der Welt angehe, sehr nahe, überwiege doch bei ihnen beiden die positive Einstellung auch zu den unangenehmen Dingen des Lebens. Ihr Glas sei doch stets eher noch halb voll als schon halb leer, er wolle einmal sagen, ihnen beiden sei doch eine gewisse Weltheiterkeit zu eigen.
»Weltheiterkeit«, er lässt das Wort fallen wie einen kleinen Knallkörper, und es tut seine Wirkung. Wie gewählt er sich doch ausdrückt, dieser Frank, was er für Wörter kennt. Wo er das Wort Weltheiterkeit herhat, wird er selbst nicht wissen. Seiner jungen Freundin Tabea, die seine Sprache bewundert, die sich doch so sehr von der ihren unterscheidet, würde er sagen, dass ihm das eben gerade so gekommen wäre, was ganz normal sei bei einem Menschen wie ihm, einem Menschen der Worte und Wörter, was ja schließlich übrigens auch ein Unterschied sei. Ja, würde sie sagen, ist doch klar, Singular und Plural, das Wort, die Wörter. Und er würde lächeln und es für den Moment dabei belassen, um sich an ihrer Naivität zu erfreuen und sie niedlich zu finden, ja, niedlich. Er liebt es über alles, mit Formulierungen zu verblüffen, Wortspiele in Gespräche zu werfen, Phantasiewörter zu gebrauchen, mit Wortschöpfungen, Weisheiten und Aphorismen um sich zu werfen. Er hat sich etwa so viele fertige Sätze zurechtgelegt, wie BOSS-Anzüge in seinem Schrank hängen.
»Wie schnell ist nichts passiert«, das ist so ein Satz, den er fast täglich zu gebrauchen pflegt. Wie schnell ist nichts passiert.

Das ist sein Leute-Test-Satz. Wie reagieren sie darauf? Die einen lachen und sagen jaja und haben den Satz falsch verstanden oder gar nicht. Die anderen sind überrascht und denken oder sagen dann, was er, Frank, doch für ein hintersinniger Zeitgenosse sei.

Heute aber fragt er: Was ist denn nun eigentlich passiert? Thomas habe ihn zwar angerufen, sei aber derart durcheinander gewesen, dass ihm inmitten seiner Protokollierung nicht klar wurde, worum es geht. Er habe nur verstanden: Krankenhaus, Intensivstation. Dann sei er natürlich nach der Protokollierung gleich losgefahren, habe andere Termine abgesagt, wichtige Termine, aber das sei doch selbstverständlich. Und bei seinem Vater sei er vorbeigefahren. Der habe schon alles gewusst, habe länger mit Thomas gesprochen, habe eigentlich gleich mitkommen wollen, hatte aber noch einen Zahnarzttermin.

Der Opa Siegfried solle sich ruhig Zeit lassen, sagt Ferdinand Maus. Der könne auch morgen oder übermorgen erst kommen. Ohnehin trete man sich hier langsam auf die Füße, und im Übrigen habe er sich ja schon um alles gekümmert, der Junge sei gut versorgt, sehr gut sogar, denn Professor Doktor Kerner, der übrigens auch seinen Freund Heinz seinerzeit am Magen operiert habe, sei eine absolute Kapazität. Also so gesehen solle Frank dem Vater ruhig sagen, er solle sich Zeit lassen, könne beruhigt sein, er, Ferdinand Maus, habe alles, was das Wohl seines Enkels betreffe, im Griff.

20 Ein Mensch im Koma ist auf Hilfe angewiesen. Dazu gehört neben der körperlichen Versorgung auch der menschliche Beistand. Das ist nicht nur eine Frage der Ethik, es gibt auch zunehmend Hinweise darauf, dass das Bewusstsein vieler Menschen im Koma nicht vollkommen erloschen ist. Ein liebevoller und respektvoller Umgang mit dem Patienten ist daher immens wichtig. Auch wenn Pflegende und Angehörige nicht wissen können, wie viel die Patienten im Koma wirklich wahrnehmen, sollten sie sich immer so verhalten, als könne der Patient alles wahrnehmen und verstehen. Das zeigt Wirkung, auch wenn sie von außen nicht immer zu erkennen ist.

21 Als Jürgen Feil in ihren Siebenmonatsbauch gelauscht und vom größten Glück seines Lebens gesprochen hat und wie immer so sanft und zärtlich war, dass die werdende Mutter unendlich glücklich zu sein beschloss, hätte sich Sabine nicht vorstellen können, dass der Mann, mit dem sie jetzt ihr Leben teilen wollte, für sie bald nicht mehr erreichbar sein würde. Jürgen, der zur Zeit ihrer Niederkunft wegen wichtiger Geschäfte in Österreich weilte, schrieb wenige Tage nach der Niederkunft auf einem von einem Block gerissenen karierten Blatt Papier mit zwei Kugelschreibern, von denen der eine während des Satzes »Ich liebe dich immer noch, aber ich kann es nicht« den Dienst versagte, seinen Abschied nieder. Sie könne ihn nun, schrieb er, ein Schwein nennen und alles erdenklich Schlechte über seinen Charakter annehmen,

aber er müsse ihr sagen, dass er kein Familienmensch sei und mit Verantwortung für Frau und Kind nicht leben könne. Natürlich, das wolle er ausdrücklich sagen, schäme er sich, aber er sei nun mal so und könne nicht anders, und es sei für die Beteiligten sicher besser, wenn man einen entschiedenen Schlussstrich ziehe, das heißt, einander vergesse. Wenn sie meine, dass er für das Kind Unterhalt zahlen sollte, würde er das natürlich tun, aber es sei doch im Prinzip so, dass es ihr wirtschaftlich besser gehe als ihm. Möglicherweise verliere er in den nächsten Monaten seinen Job, dann werde es finanziell ohnehin eng für ihn. Er wünsche ihr und dem Kind, dessen Vater er leider nicht sein könne, viel Glück und flehe sie noch einmal auf seinen Knien an, ihn zu verstehen, ihm zu verzeihen, nicht schlecht von ihm zu denken, er sei nun einmal ein unsteter Mensch, ein Mensch von einem Tag, den Stürmen eines Lebens mit Verantwortung für andere nicht gewachsen.
Der Kugelschreiber, der im Wort »aber« versagte, war blau, der andere war schwarz und hatte Anlaufschwierigkeiten. Bei allem Entsetzen, aller Fassungslosigkeit und aller Traurigkeit, die bei Sabine sehr schnell in grenzenlose Wut und Rachegedanken überging, musste sie für einen Moment lachen. Zu banal, zu läppisch und leichtfertig erschien es ihr, wie sich dieser Mann, in den sie sich so halt- und vorbehaltlos verliebt hatte, nun entzog. Das war doch nicht sein Niveau. Ein Verlagsvertreter, der mit Büchern durch die Lande reist, ein belesener, geistreicher Mensch, der im Freundes- und Familienkreis sofort angenommen worden war, erschien für Sabine nach einigem Pech mit Männern als das große Glück. Er wollte in Berlin seine Junggesellenbuchte, wie er es nannte, aufgeben, wollte mit Sabine und dem Kind zusammenziehen, denn für seinen Beruf, sagte er, sei es völlig egal, wo er

wohne, und er wolle keine Beziehung auf Distanz, nein, er habe jetzt einen Heimathafen gefunden, in dem er bleiben wolle. Von einer Buchhandlung, die er aufmachen wolle, um sesshaft zu werden, und auch von Heirat war die Rede. Die Firma Maus, an deren Gewinnen Sabine ohnehin beteiligt war, auch wenn es Maus & Söhne hieß, kaufte eine Wohnung für die künftige Familie, dazu ein Büro, denn mit dem zu erwartenden Kind konnte Sabine ihren bisherigen Job in einem Firmenberatungsinstitut nicht mehr ausüben. Sie wollte sich selbständig machen. Von »Profilen« war die Rede, was zunächst einmal kaum jemand verstand. Beim Kauf der Immobilie bestand Andreas darauf, dass nur Sabine und nicht auch Jürgen ins Grundbuch eingetragen wurde. Das pflegte Andreas später als seine ihm eigene Weitsicht und Menschenkenntnis zu bezeichnen. Er habe dem Bücherheini instinktiv misstraut. Mit Recht, das konnte nun niemand mehr bestreiten. Zu betonen, dass er und nicht Sabine, die Psychologin, diesen Jürgen durchschaute, darauf legte Andreas wert, zumal die Geschichte hervorragend geeignet war, ein Stückchen seines Minderwertigkeitskomplexes gegenüber der klugen Schwester zu tilgen.
Ferdinand, auf seine Art vom Schicksal der Tochter betroffen, wäre gerne nach Berlin gefahren, um sich diesen Drecksack vorzuknöpfen.
Als Jürgen Feil seinen Abschiedsbrief schrieb, war die Neugeborene ohne Beisein des Vaters schon auf den Namen Anouschka getauft worden. Den Namen hatten Sabine und Jürgen noch gemeinsam beschlossen. Anouschka mit ou. Das o war Jürgen wichtig. Hätte sie einen Jungen geboren, hätten sie ihn Jonathan genannt.
Mehrfach rief sie auf Jürgens Handy an, bis sie erkennen musste, dass es die Nummer nicht mehr gab, dass er nicht er-

reichbar war. Sie hatte keine Adresse, denn er hatte ja gesagt, dass es nur diese Buchte am Prenzlauer Berg gab. Sie rief bei einem Verlag an, von dem er mal gesprochen hatte, fragte, ob man wisse, wo Jürgen Feil sei, ob ihm etwas zugestoßen sei. Nein, gab man ihr als Auskunft, der sei gerade vor ein paar Tagen noch im Verlag gewesen. Adresse und Telefonnummer könne man ihr nicht geben, hieß es. Sabine wurde klar, Jürgen wollte von ihr und dem Kind nichts wissen, damit würde sie leben müssen. Lange Zeit wechselten sich Enttäuschung und Wut ab. Sie gab es schließlich auf, den Vater ihres Kindes zu suchen. Anouschka war ihr Trost.

22

»Ihr Enkel, Herr Maus«, sagt Doktor Berner, »liegt jetzt im Wachkoma. Das ist ein kleiner Fortschritt. Gerade jetzt, da wir mit größerer Wahrscheinlichkeit annehmen können, dass er vertraute Stimmen und liebevolle Zuwendungen wahrnehmen kann, ist Ihre Anwesenheit und die Ihrer Familie von Bedeutung. Gehen Sie zu ihm, sprechen Sie zu ihm.«

Im Gegensatz zu vorher, da Benny einen Monat lang wie tot dalag, sind jetzt seine Augen geöffnet, und die Pupillen bewegen sich. Man sieht, dass er lebt, aber noch weit weg ist.

Ferdinand ist überglücklich. Er sitzt wieder – wie so oft – neben der alten Frau.

»Sehen Sie, Frau …, ich habe dem Jungen gesagt, was zu sagen ist. Ich habe ihm Mut gemacht. Das ist der Erfolg! Wer sitzt denn seit einem Monat hier Tag für Tag, ich, wer sonst!

Nein, keiner von denen, nein, alle nur großes Maul, alles besser wissen. Aber im Elend, wenn das Schicksal zugeschlagen hat, und unser Junge liegt da in seinem ganzen Elend, dann ist keiner in der Lage, ihm etwas Tröstliches zu erzählen. Schämen sollten sie sich alle. Ich bin für den Jungen da, wie ich immer für ihn da war. Der Junge weiß, dass er sich auf seinen Opa verlassen kann, ja, das weiß der Junge. Der war noch ganz klein, da war Opa schon sein Ein und Alles. Opa, war sein erstes Wort, das er gesagt hat, Opa, Opa, Opa. Das ist doch wichtig, dass er seinen Opa hat, jetzt mit diesem furchtbaren Schicksal, nicht wahr, Frau – äh, Frau –«

»Körner.«

»Wir beide, Frau Körner, wir sind da, wir kennen eine Verantwortung. Unsere Enkel können sich auf uns verlassen. Und das wissen die, jaja, doch, das wissen die, so in diesem Unterbewusstsein, wie man so sagt, da wissen die das, da spüren die das, doch, doch, glauben Sie mir das.«

23

Das Wachkoma ist ein Zustand im Schattenreich zwischen Koma und Bewusstsein. Aufgrund ihrer offenen Augen und ihrer Bewegungsfähigkeit erscheinen die Betroffenen trotz ihrer Bewusstlosigkeit wach. Der Blick ist jedoch entweder starr oder irrt haltlos umher. Patienten im Wachkoma müssen zwar künstlich ernährt werden, sie können aber beispielsweise greifen, lächeln oder weinen. Bei diesen Bewegungen handelt es sich jedoch im echten Wachkoma um unbewusste Reflexe.

24 Benny durfte ja nie so richtig auch unser Enkelkind sein. Wir hätten uns so gefreut darüber, Elfriede und ich. Frank hat keine Kinder, Thomas auch nicht. Wir haben doch nur das eine Enkelkind. Natürlich waren wir nicht davon begeistert, wie schnell Ines von Michael schwanger war, so jung, so unbedarft, auf die erste Liebe reingefallen. Kind, hab ich oft zu ihr gesagt, Kind, schau dich um, küsse nicht den ersten Frosch. Aber da es nun mal so war und wir auch nichts daran ändern konnten, wollten wir uns freuen, wollten wir gute Großeltern sein. Wenn man uns gelassen hätte!
Das fing ja schon am Tag der Geburt an. Als wir ins Krankenhaus kamen, hatten sich die Mäuse schon des Kindes bemächtigt. Ines lag da, die Geburt war schwer, und Ferdinand ließ sich mit dem Neugeborenen fotografieren, tönte lauthals herum und verstieg sich zu der Aussage, da halte er einen echten Maus in den Armen. Eine Frechheit. Michael kam irgendwann angelatscht, ja, man muss es so sagen, er kam angelatscht, um mal so nebenbei zu gucken, was sich ergeben hat. Irgendwie war es ihm wohl peinlich, er konnte sich nicht mit der Tatsache anfreunden, jetzt der Vater dieses Wesens zu sein. Opa Ferdinand Maus beherrschte die Szene, getreu seiner Art. Er hatte schon die fertigen Geburtsanzeigekarten dabei, die Zeitungsanzeige, die er unbedingt für notwendig hielt, entworfen. Firma Maus & Söhne gibt bekannt und so. Für seine Geschäftspartner und Kunden. Michael fügte sich, Ines war zu schwach, sich an den Aktivitäten zu beteiligen oder sich zu wehren, und wir zogen uns zurück, gingen nach Hause mit dem Gefühl, dem Beginn eines großen Dramas zugesehen zu haben. So kam es auch.
Dann zogen Ines und Michael mit dem Kind dort ins Haus in eine Dachwohnung. Unten der Alte, Familienpatron, Übergroßvater, Firmenchef, oben die junge Familie, nebenan An-

dreas und Sonja. Sie lieferten sich einem Familienclan aus. Was haben wir Ines gewarnt davor, den Mund haben wir uns fusselig geredet. Nein, sagte sie, das ist doch praktisch, und es kostet uns nichts, und die Großeltern können sich kümmern um das Kind, wenn ich wieder arbeite. Damit war uns das Kind praktisch weggenommen, ganz in den Maus-Clan eingegangen. Und dann dieser Schwiegersohn! Wie konnte Ines das zehn Jahre aushalten, da es doch von Anfang an nicht in Ordnung war? Sie saß da, unter der Fuchtel der Mäuse, und der Kindesvater schwirrte in der Welt herum, hatte billige Affären, von denen die ganze Stadt wusste. Ines zog aus und machte sich selbständig, aber alles das ging auf Kosten des Kindes. Der Junge wurde praktisch von den Maus-Großeltern erzogen – verzogen, muss man sagen. Dabei kommt Benny ganz nach uns, das hat Sabine mal gesagt, die einzige Person im Mäusestall, die richtig tickt. Ines will das nicht wahrhaben. Sie sagt, der Junge sei ein typischer Maus. Mich erinnert er, sofern ich ihn überhaupt gesehen habe, an Thomas, als der jung war. Etwas verträumt, nicht ganz von dieser Welt, immer einen Schritt zu spät dran. Ferdinand hat das alles mit Geldzuwendungen wettgemacht, hat alles in den Jungen hineingestopft, an Klamotten, Handys, Geld, an dem, was er für Liebe hält. Das eigentliche Drama, glaube ich, ist, dass Ines ihren Sohn nie wirklich geliebt hat. Er war das Produkt eines großen Irrtums ihrer frühen Jahre, das konnte sie nicht lieben. Als sie sich dann endlich von Michael trennte, spät genug, gab sie Benny ganz in die Hände von Ferdinand und Else Maus.

Ich will ja nicht an allem rummeckern. Aber das mit diesem Rüdeger ist doch auch nicht das Wahre. Der ist jünger als sie, noch verheiratet, und er kuscht, wenn seine Nochehefrau nur mit den Fingern schnippt. Dagmar Merk, Juwelierstochter –

die gibt den nicht so einfach her. Ach, unsere Ines. Kein Händchen für Männer. Wie unser Thomas keines für Frauen hat. Und Frank? Immer diese jungen Mädchen.
Und jetzt dieser Unfall. Der arme Junge. Tragisch. Thomas sagt, dass da was faul ist. Ich weiß es nicht.«

25

Ayshe hat Glück mit ihren Eltern. Die haben nichts dagegen, dass sie einen deutschen Freund hat. Ihre ältere Schwester ist sogar mit einem Deutschen verheiratet. Kevin, der gehört zur Familie wie ihre beiden Brüder, wie die Oma, die Eltern, die alle Türken sind. Die Hochzeit von Kevin und Leyla war ein türkisch-deutsches Fest. Ayshes Eltern und die Eltern von Kevin verstehen sich gut. Sie haben ihre Schrebergärten nebeneinander. Und letztes Jahr sind sie zusammen nach Antalya in Urlaub gefahren. Benny kennt Ayshe seit vielen Jahren. Sie waren in einer Klasse, bis er sitzenblieb. Er war einfach nur faul, sonst wäre er nicht sitzengeblieben, denkt Ayshe. Zusammen sind sie seit einem halben Jahr.
»Wären wir damals schon zusammen gewesen, ich hätte ihn nicht faul sein lassen. In Mathe und Englisch hätte ich ihm helfen können. Aber damals war er mit dieser blöden Kuh aus der Klasse unter uns zusammen. Luisa, die sich Lu nennt und noch behauptet, dass man das mit ou schreibt. Lou, die blöde Kuh. Ich weiß nicht, was er mit der wollte? Da war er so doof wie fast alle Jungs, die mal auf Lou reingefallen sind. Heute tut ihm das leid.«

Benny ist Ayshes erster fester Freund.
»Ich glaube fast, ich liebe ihn«, sagt sie zu ihrer Freundin Laura. Vorher war sie nie richtig verliebt. Geschlafen hat sie mit ihm noch nicht. Sie will warten, bis sie sechzehn ist. Benny versteht das. Er hat es auch noch nicht gemacht, obwohl diese Lou auf dem Schulhof rumgequatscht hat, dass er eine Niete im Bett war und dass sie deswegen mit ihm Schluss gemacht hat. Das sagt sie über jeden, der sie sausenlässt. Die gibt nur an. Wahrscheinlich, denkt Ayshe, hat die noch nie einen im Bett gehabt, und sie ist auch noch Jungfrau.
Jetzt liegt Benny seit zwei Monaten da und bewegt sich nicht. Sie geht fast jeden Tag nach der Schule ins Krankenhaus. Am Anfang waren seine Eltern noch da und die Onkels und der alte Maus, sein Großvater. Den mag Ayshe nicht. Sie spürt es, dass es dem nicht recht ist, dass sein Enkel eine türkische Freundin hat. Meistens redet sie mit der alten Frau, deren Enkel auch im Koma liegt.
Seit einiger Zeit darf Ayshe zu Benny ins Zimmer gehen. Sie erzählt ihm Sachen aus der Schule, von den Freunden, alles, was ihr einfällt.
Immer wieder hält sie seine Hand.
»Benny, ich bin's, Ayshe, drücke meine Hand, wenn du mich verstehst.«
Keine Reaktion. Hoffentlich stirbt er nicht, denkt sie voller Angst.
»Ich bete für ihn – zu Allah und zu Gott. Einer von beiden wird doch helfen.«

26

»Also dieses Lourdes, ja, Siegfried, das ist ja ein Riesengeschäft. Die verkaufen pro Jahr tausende Rollstühle und Krücken.«

»Quatsch.«

»Doch, hab ich gelesen.«

»Wie denn, was erzählst du für einen Unfug. Das ist ein Wallfahrtsort, mit dieser Bernadette und ihren Marienerscheinungen.«

»Ja eben. Da gehen die Leute hin – in den Rollstühlen und mit den Krücken, und dann passiert das Wunder der Heilung, und dann lassen sie die Rollstühle und die Krücken da und gehen weg, und die Sachen werden dann verkauft.«

»Willst du mich verarschen?«

»Ist doch eine gute Geschäftsidee, nicht.«

»Na ja.«

»Jedenfalls, wenn der Junge die Augen aufmacht und gesund ist, fahre ich mit Else –«

»Jaja, Ferdinand, das sagtest du schon. Mach das, wenn du meinst. Ich glaube an den Kram nicht.«

»Glauben, glauben, was heißt schon glauben.«

»Was ich dir noch sagen wollte, Ferdinand, also ich kann die nächste Woche nicht herkommen.«

»Warum das denn, fährst du weg?«

»Ich habe eine Operation.«

»Was für eine Operation denn?«

»Die Zähne.«

»Ach so. Was dauert denn da eine Woche? Werden die eingeschickt zur Reparatur, und Opa Siegfried kann nicht kauen und unter die Leute gehen, hahaha.«

»Ich bekomme Implantate. Oben und unten. Vollnarkose. Da ist man mindestens eine Woche außer Gefecht, kann nichts essen, nicht richtig sprechen und so.«

»Implantate! Warum das denn?«
»Das ist die bessere Lebensqualität.«
»Hast du einen guten Zahnarzt?«
»Ja. Den hab ich schon seit dreißig Jahren. Schulkamerad von mir. Da geht die ganze Familie hin. Ein ausgezeichneter Zahnarzt.«
»Wie? Der ist so alt wie du?«
»Mein Jahrgang, ja.«
»Und der soll eine Ahnung haben von Implantaten? In deinem Alter! Mann, warum geht der Kerl nicht in Rente wie du. Warum pfuscht der an den Gebissen seiner Schulkameraden herum, statt in Rente zu gehen? Ich glaube, ich werd nicht mehr. Im Ernst, Siegfried, warum lässt du dir in deinem Alter noch Implantate machen? Rentiert sich das denn noch?«
»Ja, weil ich nicht so rumrennen will wie du.«
»Was heißt das denn. Das ist ein ausgezeichnetes Gebiss. Ich beiße in jeden Apfel.«
»Mag ja sein, aber wenn du lachst – und du lachst ja gern –, dann musst du Angst haben, dass dir die Zähne rausfallen.«
»Meinetwegen lass dich von deinem Schulfreund verschandeln, aber misch dich nicht in meine Zähne ein, ja. Und ich sage dir: Implantate, das ist modischer Quatsch. Kostet viel Geld und bringt gar nichts.«
»Ach, Maus, dass du nur immer weißt, was richtig ist.«
Ferdinands Handy klingelt. Er geht dran, es ist Else. Er sagt ihr, dass es dem Jungen gutgehe, dass er ihn erkannt habe und dass Siegfried Seidel da sei, und dass der neue Zähne bekomme. Ja, alles in Ordnung.
»Siegfried, ich sage dir, ich kenne Leute – also bei uns im Golfclub einer, hat sich das machen lassen – eine Katastrophe, sage ich dir! Kiefervereiterungen, Schmerzen bis zum Gehtnicht mehr, das Ganze wieder raus, alles Bruch im Kiefer

– und was weiß ich, leck mich am Arsch, was der mitgemacht hat. Fünfzehntausend hat er dem hingeblättert – einem Polen.«

»Einem Polen?«

»Ja, da war's billiger – in Stettin.«

»Dann ist das kein Wunder, die machen das billig, aber das Risiko ist groß.«

»Als er noch mal hingefahren ist, weil er Probleme hatte, gab es die Praxis nicht mehr. Doktor Sowiesolski oder so war verschwunden, spurlos. Zahnklempnermafia.«

»Das kann hier nicht passieren. Mein Freund hat jahrelange Erfahrung.«

»Und was blätterst du da hin?«

»Rund dreißigtausend alles in allem.«

»Wahnsinn!«

»Das ist mir die bessere Lebensqualität wert.«

»Aber jetzt mal unter uns, Siegfried, wenn du so viel Geld hinblätterst, warum gehst du dann nicht in eine ordentliche Klinik?«

»Ferdinand, ich –«

»Hier, der von Gabelsberg, der Vizepräsident von den Grünen Funken, der hat das auch machen lassen – in der Dentic, das ist eine erstklassige Adresse, eine richtige Klinik.«

»Da lasse ich es ja machen.«

»Ach so. Ich denke, du willst bei deinem Schulfreund – äh –«

»Dem gehört die Dentic – ihm und seinem Sohn, der sie jetzt leitet.«

»Du lieber Himmel! Nicht schlecht, Herr Specht! Eine Goldgrube, was? Ziehen den Leuten das Geld aus der Tasche.«

»Das tun die im Osten auch – aber für Murks. Dentic arbeitet seriös – du hast es doch selbst gesagt, der von Gabelsberg –«

»Jaja. Es heißt, dass die das da ganz ordentlich machen. Aber, lieber Siegfried Seidel, im Ernst, warum sollen wir alten Säcke so viel Geld für so einen Scheiß ausgeben? Das ist das Geld unserer Erben, das wir den Ärzten in den Rachen werfen. Stell dir vor, du lässt dir für dreißig Mille die Zähne machen, und ein Jahr später fällst du tot um. Dann kann doch keiner mehr was mit dem Zeug anfangen. Da ärgerst du dich doch tot. Willst du dir wirklich für viel Geld Bolzen in den Kiefer schrauben lassen? Lässt du dir dann auch die Falten am Hals wegmachen und den Arsch hochheben? Was soll das alles, Siegfried? Das ist rausgeworfenes Geld. Wir sind Schrotthaufen, mein Lieber. Und diese Schrotthaufen liegen neben dem Friedhof. Ein kurzer Weg. So sieht's aus, mein Lieber.«

»Apropos Friedhof, Ferdinand, wo wird der Junge denn begraben, wenn er stirbt?«

27 Im Wachkoma können Patienten viele Jahre überleben. In einigen Fällen erholt sich das Gehirn, die Funktionen kommen nach und nach wieder, wenn auch meist nur teilweise. Welches Gehirn wieder aus dem Schattenreich zwischen Bewusstsein und Koma erwacht, lässt sich nach heutigem Wissensstand kaum vorhersagen. So weist die englische Bezeichnung »Persistent Vegetative State« (PVS) darauf hin, dass die Funktionen des vegetativen Nervensystems wie beispielsweise die Atmung, der Herzschlag und Schlafrhythmus noch funktionieren, während höhere kognitive Funktionen lahmgelegt sind.

28

»Bist du Bulle oder Politfuzzi?«
»Weder noch.«
»Was bist du dann?«
»Interessierter Bürger.«
»An was bist du denn interessiert?«
»An der Demonstrationskultur zum Beispiel.«
»Ach du Scheiße!«

So fing es zwischen ihnen an. Nicht gerade ein freundlicher Auftakt zu einer Beziehung. Tabea, vierundzwanzig, kahlgeschoren, nicht gerade phantasievoll tätowiert – Peace – Anthony – women-power – Herzchen und Girlanden –, Erzieherin im Jugendzentrum, gegen dessen Schließung sie mit Kollegen und vielen Jugendlichen demonstrierte, und Frank, vierzig, Notar mit klugen Sprüchen und BOSS-Anzügen – jetzt allerdings mit Wellensteyn-Jacke –, Zaungast der Demonstration mit ganz eigenem Interesse, das mit dem von Tabea nicht kompatibel gewesen wäre, hätte sie es gekannt. Sie erfuhr es nie, denn Frank wechselte mit dem Interesse an dieser jungen Frau, deren Freakigkeit ihn reizte, die Fronten. Ein Investor, dem das Grundstück gehört, auf dem das Jugendzentrum steht, will bauen. Die Stadt gibt sich machtlos, es kommt zu Demonstrationen und Ausschreitungen und zu immer mehr Sympathien für das Jugendzentrum. Der Investor hat Frank Seidel gebeten, gegenüber den Besetzern – um solche handelt es sich inzwischen – seine Interessen zu vertreten. Frank lehnt das Ansinnen ab, solidarisiert sich mit den Demonstranten, gibt ein Interview für die Stadtzeitung, das einige seiner Mandanten zumindest irritiert, wenn nicht verärgert, und gewinnt das Vertrauen der Besetzer und die Zuneigung von Tabea. Er wird Mitglied der Szene, die ihm naturgemäß erst misstraut, ihn dann aber benutzt – für Beratung, Taktik, Beziehungen. Er fühlt sich wohl, fühlt sich jün-

ger, in einer Art Jugendlichkeit bestätigt. Und seinem Gewissen, das nicht bei allen sich ergebenden Geschäften auf seine Kosten kommt, schmeichelt das Engagement für die gute Sache.
Nachdem Tabea zum ersten Mal in seiner Wohnung war, diese staunend und anerkennend betrachtete, legte sie sich nackt in sein Bett. Ihm war es recht so, er genoss es.
»Ich steh ja eigentlich nicht auf so alte Männer, aber du hast was – nicht nur in der Kiste.«
»Wer ist Anthony?«
»Mein Erster.«
»Und wie war er?«
»Ganz okay – ein Engländer.«
Sie schaut sich um.
»Was zahlst du für den Schuppen an Miete?«
»Der Schuppen gehört mir.«
»Aha!«

29

»Ich war noch nie in Berlin. Hat sich nie ergeben. Jetzt lebt dort eine Freundin – Studienkollegin. Die hat mich eingeladen. Sie kennt sich schon gut aus und will mir einiges zeigen. Ich freue mich auf Berlin.«
»Du wirst doch deinen Vater nicht belügen«, sagt Ferdinand und schaut Sabine prüfend an. Sie kann nicht lügen, konnte das schon als kleines Mädchen nicht. Und nun diese Geschichte. Nach Berlin will sie, zwei Tage nur, eine Freundin besuchen, mal Berlin sehen, wo sie noch nie war. Jetzt plötz-

lich das, aus heiterem Himmel. Was für eine Freundin? Davon war doch noch nie die Rede. Das durchschaut er doch. Diesem Kerl will sie hinterherrennen, immer noch, nach zwei Jahren. Werden Frauen nie klüger!? Ferdinand droht schon die Wut zu packen, doch er weiß, Sabine hat ihren eigenen Kopf. Was sie will, das tut sie. Und sie ist ja klug – sie wird also nichts Dummes tun. Und vielleicht ist es ja gut, wenn dieser Drecksack noch einmal herausgefordert wird. Wenn sie nur nicht wieder anfängt mit ihm. Man hätte hinfahren müssen und ihm den Kopf waschen, diesem Feigling. Ist doch wahr! Und wenn sie ihn trifft, und wenn sie wieder anfängt mit ihm, was man ja ohnehin nicht verhindern kann, wenn sie es sich mal in den Kopf gesetzt hat, vielleicht wäre es für das Kind gut, das jetzt ohne Vater aufwächst, was ja nicht so schlimm wäre, wenn Sabine die Kleine nicht so von den Großeltern fernhalten würde. Und einen neuen Mann gibt es nicht in Sabines Leben. Nur Freundinnen, lauter Weiber, denkt Ferdinand, diese alleinerziehenden Mütter, denen die Männer davongelaufen sind. Zwei Jahre ist Anouschka jetzt – und nur von Weibern umgeben. Das kann nicht gut sein. So gesehen wäre es vielleicht gar nicht so verkehrt, wenn Jürgen zurückkäme. Der war doch eigentlich ganz in Ordnung, wenn man es genau bedenkt, freundlich, hilfsbereit, immer zu einem Spaß aufgelegt. Und praktisch war er. Hat die ganze Wohnung eingerichtet, war für Benny ein richtiger Freund oder Vater, wie man es sehen will. Wer weiß, wie sie ihn behandelt hat, dass er sich so plötzlich abgeseilt hat. Da muss doch was vorgefallen sein, wenn ein Mann das alles mitmacht und dann verschwindet. Sie kann ja zänkisch sein, das weiß er aus eigener Erfahrung, und wie gesagt, der eigene Kopf. Für einen Mann ist es mit der sicher nicht leicht. Nicht umsonst hat sie keinen mehr gefunden. Und vorher die Männer – kann man alle vergessen. Keiner hat es länger ausgehalten als ein paar Monate. So, jetzt will sie also nach Berlin. Nein, er wird nichts weiter dazu sagen, sich nicht einmischen, nicht warnen. Soll sie fahren.

»Wo bleibt das Kind? Hast du es zur Oma gebracht?«

»Nein, Anouschka ist bei Ines, die kann sie im Laden bei sich haben.«

»Na ja, du musst wissen, was du tust.«

Sabine ist klar, dass der Vater sie durchschaut, dass er weiß, was sie in Berlin sucht. Aber sie will nicht darüber sprechen. Ihr Entschluss steht fest.

Ines wollte sie davon abhalten.

»Was willst du erreichen?«

»Ich weiß es nicht genau. Aber ich habe das Gefühl, ich muss es tun. Ich will ihn noch einmal sehen, ihn mit mir konfrontieren.«

»Liebst du ihn noch?«

»Meine Güte, nein! Aber – es war ja auch sehr schön mit ihm. Ich möchte rausfinden, was in einem Mann vorgeht, der sich so sehr auf die Gründung einer Familie einlässt, so liebevoll sein kann und dann sang- und klanglos verschwindet – auf so billige Art und Weise. Ich möchte ihm noch einmal gegenüberstehen – und wenn es das letzte Mal ist. Er soll mir ins Gesicht sagen, warum er nicht mit uns leben wollte.«

Zwei Jahre hat sie gegen die Vorstellung gekämpft, ihn wiedersehen zu wollen. Zu windig war dieses Briefchen, dieser Zettel, dieser Wisch, kariert, aus einem Heft gerissen, lieblos, und zu sehr beanspruchte sie nach der Geburt das Kind, über das sie sich sehr freute, war es doch aus einer großen Liebesgeschichte entstanden, einer Liebesgeschichte, deren Scheitern sie nie mehr an die große Liebe glauben lassen wird. Lange beherrschten Wut und Enttäuschung ihr Denken, doch seit einiger Zeit beschleicht sie das Gefühl, sie müsste kämpfen, fordern, da sein, sagen, hier stehe ich, komm, was ist denn passiert, warum bist du nicht bei uns, was bist du für ein Mensch? Damals konnte sie nicht kämpfen, war von seinem Sichdavonschleichen zutiefst verletzt und gekränkt. Genau weiß sie nicht, was sie jetzt treibt. Es ist ein Gemisch aus Wut, Entschlossenheit und Kampfbereitschaft. Sie sagt sich Sätze vor. Sie stellt fest, dass sie mit all ihrem psychologischen Handwerkszeug, das sie auf andere anwenden kann, für sich nicht zurechtkommt. Nein, so billig darf er nicht davonkommen. Er muss sich stellen. Du hast ein Kind, wird sie sagen, steh dazu, verdammt noch mal! Wir haben ein Kind, aber du kennst es nicht. Schämst du dich nicht? Wie kannst du damit leben? Ach, all diese Sätze!

Einmal hat sie ihm geschrieben, wütend, der Brief kam unzustellbar zurück. Die Adresse stimmte nicht. Ihre Brüder wetterten, wollten ihn polizeilich suchen lassen, schließlich sollte er Unterhalt bezahlen. Das wollte Sabine nicht, dazu war sie zu stolz. Die Adresse im Osten der Stadt hatte er mal erwähnt, am Prenzlauer Berg, diese Schlafstelle, wenn er in Berlin sei, ansonsten sei er nicht sesshaft, sagte er, weswegen er sich so auf ein Leben mit ihr freute, auf eine Wohnung, die er mit ihr zusammen eingerichtet hatte, umsichtig, praktisch veranlagt, wie er war. Was waren das für schöne Momente, wenn er mit Benny, der ihn so ins Herz geschlossen hatte, die Wände strich, Regale aufbaute, Lampen anbrachte. Als Sabine einmal bewusst wurde, dass sie sich auf einen Mann eingelassen hatte, der aus dem Nichts kam, von dem sie kaum etwas wusste, dessen bisheriges Leben sie nicht kannte, erschrak sie sehr. Sie hatte ihn blind geliebt. Jetzt aber will sie nachholen, was sie damals nicht für nötig gehalten hatte. Sie will seine Spuren verfolgen, wissen, wer er ist.

Ob er seinen Job noch hat? Ob es ihm elend geht und er sich auch deswegen nicht meldet? Vielleicht schämt er sich, weil er arbeitslos ist. Alle diese Fragen stellte sie sich, und sie war stets bemüht, davon auszugehen, dass er kein Lügner und Betrüger ist. Die Brüder zerrissen sich das Maul. Und auch Ines warnte stets. Es war ihr egal.
Auf dem Weg zum Flughafen fuhr sie noch beim Krankenhaus vorbei, wollte, wie jeden Tag, nach Benny schauen. Es geht seit drei Monaten, es ändert sich nichts, er wacht nicht auf. Ferdinand sitzt da, nicht mehr jeden Tag. Noch will er den Gedanken nicht zulassen, dass es ziemlich nutzlos ist, sich da hinzuhocken. Man hat schließlich seine Arbeit, seine Termine, sein Leben. Da ist ja kein Erkennen, keine Regung, wie tot liegt Benny da, auch wenn sie sagen, dass das Wachkoma ein Fortschritt ist. Ferdinand hat immer wieder seine Hand genommen, hat zu ihm gesprochen, nichts. Gut, wenn man nichts zu tun hat, wie die alte Frau, dann kann man sich da täglich stundenlang hinsetzen. Würde er auch machen. Aber die Pflichten!
»Ruf mich an, wenn sich was ändert, Papa, ich muss los.«
»Jaja, geh nur, ich halte die Stellung – und mach keinen Scheiß.«
»Mach ich nicht.«
Sie küsst ihn auf die Wange und geht. Sein Handy klingelt. Er geht dran:
»Maus bringt Wasser und Licht ins Haus!«

30

Vor zwei Jahren hat Sonja Andreas verlassen. Das war, als Sabine gerade ihr Kind bekam. Sonja war einerseits neidisch, weil sie so gern Kinder gehabt hätte, andrerseits war sie mit Andreas an einem Punkt, wo es nicht gut gewesen wäre, Kinder zu bekommen. Was sie überhaupt nicht begreifen konnte, war, dass und wie sich dieser Jürgen abgeseilt hat. Nie und nimmer hätte sie ihm das zugetraut. Er war so freundlich, voller Pläne, liebevoll mit Sabine, mit Benny, mit Else, der Schwiegermutter, die er so oft aufheitern konnte, was in der Familie sonst niemandem mehr gelingt. Und er konnte sogar mit Ferdinand Maus, was eine Kunst ist. Sonja hatte das Gefühl, Jürgen war zu einer Zeit in der Familie Maus angekommen, als sie das Gefühl kaum mehr unterdrücken konnte, dass sie dort nicht hingehörte. Heute, nachdem sie erlebt hat, wie einen diese Leute anfeinden, wenn man sich ihnen entzieht, heute glaubt sie, dass Jürgen vor dem allzu massiven Zugriff der Mäuse Angst bekam und es vorzog, sich zu verdünnisieren. Sonja, die Hexe, die Undankbare, was musste sie sich alles anhören. Gott, wenn die wüssten, mit wem sie Andreas betrogen hat, um sich von ihm endgültig zu lösen!

Manchmal geht sie zu Benny, schaut, ob keiner von der Familie da ist, setzt sich an sein Bett, spricht zu ihm. Einmal hat sie Ferdinand dort angetroffen. Sie habe da nichts zu suchen, sagte er.

31 Sie hat sich Straße und Haus auf Google angesehen. Ein stattliches Großbürgerhaus, wie alle Häuser hier. Da wohnt er also jetzt. Prächtig. Sie fragt sich so vieles, während sie vom Flughafen im Bus und dann mit der U-Bahn zu der Adresse fährt. Nicht am Prenzlauer Berg befindet sich die Straße, sondern in Friedenau, im Westen von Berlin. Eine Buchhändlerin hat ihr die Adresse besorgt. Erst letzte Woche hat sie an ihn einen Brief geschrieben, ihm von Benny erzählt, den er doch so geliebt hat. Das müsste ihn doch anrühren, was da passiert ist, dachte Sabine. Doch dann hat sie den Brief zerrissen. Nein, sagte sie sich, sie wird hinfahren und ihn zur Rede stellen. Jetzt aber droht aller Mut sie zu verlassen. Was wird sie tun, wenn er nicht da ist? Sie wird ihm einen Zettel in den Briefkasten legen, mit ihrer Handynummer, falls er die nicht mehr hat. »Ruf mich an, ich bin in Berlin, Sabine« würde sie schreiben. Aber warum sollte er sie anrufen, wenn er sich doch aus ihrem Leben zurückgezogen hat, wenn er von ihnen nichts wissen will, vielleicht schon ein anderes, neues Leben begonnen hat? Soll sie dazuschreiben: »Du musst keine Angst haben, ich verlange nichts von dir«?

Sie fühlt sich klein und verlassen. Die vibrierende Stadt macht ihr Angst.

In der U-Bahn sitzt eine Frau mit einem behinderten Jungen an der Hand. Ein entstelltes Gesicht, leere Augen, verzerrter Körper, leicht wimmernd, unruhig, aber unfähig, zu sprechen. Die Menschen starren ihn an, schauen dann weg, sind betroffen, manche wohl auch angeekelt. Sabine muss an Benny denken. Kann das seine Zukunft sein, wenn er aus dem Koma wieder aufwacht? Der Junge ist etwa in seinem Alter. Ein paar aufgekratzte haargegelte Halbwüchsige schneiden dem Jungen Grimassen. Sabine möchte einschreiten, aber sie traut sich nicht. Der Junge lächelt die anderen an. Dann lacht er laut, schlägt sich auf die Schenkel, gestikuliert, versucht die Grimassen nachzuahmen, hat offensichtlich Freude an dem Spiel. Das veranlasst die Mutter, das Spiel zuzulassen. Wie klug, denkt Sabine.

Ein gutbürgerlicher Stadtteil. Ein Platz mit einem lebhaften Markt, breite Straßen von Bäumen gesäumt, Bürgersteige aus Steinplatten, schmale Vorgärten vor Patrizierhäusern, eher selten dazwischen ein Neubau der Nachkriegszeit, wie eine falsche Krone im Gebiss. Viele Menschen sind unterwegs oder sitzen in Cafés, Frauen mit Kinderwagen, Familien, Hunde, ein lebendiges Gewirr von Geschäftigen und Bedächtigen, von Jungen und Alten, rausgeputzte junge Mädchen albern mit Jungens balzend, Alte mit Rollatoren. Läden, ein Thai-Imbiss, ein Hörgeräteladen, Kneipen, zwei Bäckereien nebeneinander, Resterampe, ein prächtiges, eher martialisches Gebäude, Rathaus und Bibliothek, ein Billigsupermarkt, Menschen unterwegs, die keine Eile zu haben scheinen. Geruch von Kebab, ein Geräuschteppich aus Autos, Stimmen von Marktschreiern. Und das, hat sie gelesen, ist ein ruhiger Stadtteil. Zu Hause, denkt Sabine, ist um diese Tageszeit kaum jemand auf der Straße. Arbeiten diese Leute nicht, die hier die Stadt bevölkern? Sie war schon in London, Paris und Rom, als Touristin. Das hier ist etwas ganz anderes. Das ist lebendig, pulst, ein Völkergemisch. Sabine ist verzagt und ängstlich. Wie anders ist doch ihr Leben in der kleinen Stadt, von der Jürgen, als er noch zu ihr ziehen wollte, sagte, dass er ihre Beschaulichkeit liebe, denn Berlin sei ein Moloch.

Dann steht sie vor dem Haus, eine stattliche Fassade, vor nicht allzu langer Zeit restauriert, eine schöne breite Eingangstür, Rhododendronbüsche im Vorgarten, ein paar Räder am schmiedeeisernen Zaun angeschlossen, große Erker, die Fenster in viele Quadrate aufgeteilt. Rechts von der Eingangstür ein Klingelschild mit etwa zwanzig Namen und Klingelknöpfe für fünf Stockwerke und ein Hinterhaus. Leiseifer, Chong, Krug, Coboletti, Kim und Strasser, Koch und Rauh und Feil-Braun. Feil, das ist er. Aber wer ist Braun? Braun? Feil-Braun steht da, mit Bindestrich, wie ein Doppelname, nicht mit Schrägstrich wie für einen Mitbewohner. Nein. Aller Mut droht sie wieder zu verlassen. Aber das darf nicht sein. Jetzt ist sie hergekommen, jetzt wird sie dieses Abenteuer bis zum wie auch immer gearteten Ende durchziehen.

Ein Mann, Asiate offensichtlich, und eine Frau, deutsch aussehend, ein Kind auf dem Arm des Vaters, sichtbar sein Kind, wie auch der kleine Junge an der Hand der Frau. Alle strahlen Sabine an. »Können wir Ihnen helfen«, fragt die Frau, »zu wem wollen Sie denn?«

»Feil.«

»Zweiter Stock rechts, warten Sie, ich mache Ihnen den Aufzug auf.«

Sie schließt die Tür des Aufzugs auf, eine hölzerne, verzierte, betagte Tür. »Zweiter Stock, rechts«, wiederholt sie. Dann gehen sie. Der kleine Junge schaut Sabine neugierig an, als wollte er fragen, wer bist du, was tust du hier, warum hab ich dich noch nie gesehen? Dann winkt er und lächelt. Eine nette, fröhliche Familie, denkt Sabine voller Neid.

Eine kleine, marmorne Eingangshalle, Stuck an der Decke, rechts und links große Spiegel. Da stehen Kinderfahrräder, Skatebords, Kinderwagen, ein Rollator, Roller, Kisten mit Spielzeug, und das alles doppelt gespiegelt. Sabine geht in den Aufzug, schließt die Tür, eine metallene Falttür schließt sich klappernd, und holprig ächzend setzt sich der alte Fahrstuhl in Bewegung. Sabine ist schummrig, was ein Schild »Erbaut 1912« nicht gerade mildert. Zweiter Stock. Sabine tritt in ein großzügiges Treppenhaus. Holztreppe mit verziertem Geländer und Handlauf, und auf ein Zwischengeschoss fällt Licht von bunt verglasten Fenstern. Zwei reichlich verzierte hohe und breite Wohnungstüren. Aus der linken Wohnung, wo auf der Klingel Coboletti steht, hört man Gesangsübungen einer Frau. Aus der rechten Wohnung, Feil-Braun, klingt Kindergelächter.

Nein, sie muss hier weg, das geht nicht, das kann es nicht sein, sie wird gedemütigt werden, ist betrogen und belogen worden. Wie konnte sie so dumm sein, sich auf das alles einzulassen! Der Aufzug ist weg, Sabine will die Treppe hinunterlaufen, da öffnet sich die Wohnungstür.

32

Baracken, Schrotthandel, Autowerkstatt, Import-Export Güzcür, Fahrradreparatur »Rad-Geber«, kleine Klitschen, zweckentfremdete Garagen, verwinkelte, kleine Höfe, manche durchaus adrett, teilweise liebevoll hergerichtet, andere heruntergekommen, nur noch geringfügig von besseren Zeiten zeugend, zweigeschossige Wohnhäuser mit dreckigen Fenstern und kleinen Loggien, an jedem Geländer eine Satellitenschüssel, eine Künstlergalerie, ein schmuddeliges Atelier, Müll vor den Toren, ein Hundeasyl, kläffende Köter, plärrende Transistorradios, eine Dönerbude, den Geruch der Gegend bestimmend, ein Kiosk, biertrinkende Rentner an einem klapprigen Plastiktisch, rauchend, eine streu-

nende Katze, Menschen aller Nationen. Tagediebe, denkt Ferdinand Maus, Penner, Freaks, Fixer, Zuhälter, Schwarzarbeiter, Drückeberger, Abschaum, Asoziale. Eigentlich kommt er nie in diese Gegend. Hat hier nichts zu suchen, nichts verloren. Kleinamerika nennen sie diesen Stadtteil, warum und seit wann auch immer. Klein-Istanbul, denkt Ferdinand, würde auch passen. Er war noch nie in Istanbul. Und in Amerika auch nicht. Nun also steuert er seinen Mercedes durch Kleinamerika – zu Adam.
Adam Sobiecki.

33

Die blonde Frau stellt eine Mülltüte vor die Tür. Sabine bleibt wie ertappt stehen.
»Guten Tag, suchen Sie jemand?«
Sabine fasst sich ein Herz.
»Jürgen Feil suche ich, wohnt der hier?«
»Ja, der wohnt hier – aber er ist nicht da – er ist verreist.«
Sabine hat das Gefühl, den Fragen der Frau zuvorkommen zu müssen.
»Ich bin zufällig in Berlin, Herr Feil und ich – wir haben uns vor zwei Jahren kennengelernt – bei einer Kulturveranstaltung –, er hat mir seine Adresse gegeben.«
»Kommen Sie doch rein.«
Die Frau macht eine einladende Bewegung. Sabine weiß nicht, warum sie dieser Einladung folgt, und die Frau nicht, warum sie sie ausspricht. Die Situation ist dazu angetan, aufeinander neugierig zu machen.

»Mein Mann ist viel unterwegs, aber das werden Sie ja wissen – kommen Sie, gehen wir in die Küche – Kinder! Leiser!«
Sie klopft an die Tür des Kinderzimmers.
»Die Kleine hat Freundinnen da.«
Die Frau geht voraus. Sabine folgt ihr durch einen langen Flur mit hohen Decken und Türen in eine geräumige Küche.
»Setzen Sie sich – ich bin Anja.«
Sie reicht Sabine die Hand.
»Sabine.«
Das ist also sein wirkliches Leben. Große Altbauwohnung in gehobenem Stadtteil, nette Frau, Kind – Kinder? An der Wand Babybilder, ein Junge, ein Mädchen, Kinderzeichnungen. Auf einem Bild Jürgen mit Anja und zwei Kindern. Eine Familie. Und alles andere Lug, Betrug, Hochstapelei. Die Brüder haben recht, Sabine muss sich das eingestehen, und sie fragt sich, warum sie jetzt nicht davonrennt. Was hat sie zu tun mit dieser Frau, mit dieser heilen Familienwelt, mit netten bunten Kinderzeichnungen an den Küchenwänden? Und was hat diese Frau mit ihr zu tun? Warum bittet sie diese Fremde in ihre Küche, setzt sich zu ihr, betrachtet sie wohlwollend und doch auch neugierig, kocht Kaffee, fragt, wo sie herkommt, was sie in Berlin gemacht hat. Sabine gelingt es nicht, der Frau was vorzumachen, und sie wundert sich über sich selbst, als sie sagt, sie habe Jürgen aufsuchen wollen, ihn noch einmal sehen wollen. Anja hat längst begriffen, dass da ein Opfer der Eskapaden ihres Mannes sitzt. Wieder einmal, denn es ist nicht das erste.
»Hast du was mit ihm gehabt?«
Sabine zögert.
»Du kannst es mir sagen.«
»Ich habe ein Kind von ihm, eine Tochter, zwei Jahre alt.«
Anja antwortet nicht. Sie scheint gefasst, sich nicht einmal zu

wundern. Sabine ist aufgelöst, sie zittert am ganzen Körper, sie weint.
»Ich sollte jetzt gehen, das hat doch keinen Sinn, das –«
»Nein, bleib da.«
»Er wollte eine Familie gründen, hat mit mir eine Wohnung eingerichtet, kurz vor der Geburt ist er verschwunden. Wir waren so glücklich.«
»Sabine, wir haben ein gemeinsames Problem. Jürgen ist ein Luftikus, ein Betrüger, nein, er ist ein Monster. Ich lebe damit seit Jahren. Er hat auch in Wien ein Kind. Ich bin dahintergekommen, als von seinem Konto Alimente bezahlt wurden. Hat er dir keine bezahlt?«
»Ich wollte das nicht.«
»Dieses Schwein!«
Anja steht auf, umarmt Sabine, streichelt über ihren Kopf, geht an den Kühlschrank, holt zwei Piccolos heraus, nimmt zwei Gläser, gießt ein, hebt das Glas.
»Das brauchen wir jetzt, prost.«
Sabine nimmt das Glas, wischt sich die Tränen ab, stößt mit Anja an, trinkt. Aus Anja bricht es heraus.
»Ja, dieser Mann ist ein Monster. Er reist in der Welt herum, hat überall Weibergeschichten. Ich kann es nicht mehr zählen, wie oft er mich betrogen hat. ›Ich brauche das, aber ich gehöre doch zu dir‹, hieß das. Immer wieder habe ich es akzeptiert, habe ihm verziehen, auch der Kinder wegen. Ich wollte nicht klein und ungerecht sein. Aber das Fass ist übergelaufen, ich will ihn nicht mehr, ihr könnt ihn alle haben.«
»Ich will ihn auch nicht mehr. Ich habe zwei Jahre damit gelebt, ihn zu vergessen. Es war schwer, immer wieder war da eine Sehnsucht, dann wieder Wut, und auch Stolz. Ich konnte einfach nicht begreifen, dass ein Mann so sein kann.«
»Es gibt nichts zu begreifen. Er ist, wie er ist, er wird sich nicht

ändern. Wir müssen ihn aus unserem Leben streichen, du genauso wie ich – so schwer es uns fällt. Ich habe zwei wunderbare Kinder mit ihm, denen er nicht wirklich ein Vater ist, so wenig wie deinem Kind oder diesem Kind in Wien. Ich habe ihn neulich rausgeschmissen. Ich will ihn nicht mehr sehen.«

»Ich möchte jetzt gehen.«

Sabine steht auf, Anja umarmt sie, so stehen sie da, weinen beide. Ein kleines Mädchen kommt in die Küche, starrt die beiden an.

»Mama, was ist los, was ist?«

»Das ist Sabine, eine Freundin. Sie ist traurig. Ich tröste sie. Das ist Anouschka.«

Sie streichelt das Mädchen, das sich an sie klammert. Sabine will jetzt nur noch weg. Anja bringt sie zur Tür, öffnet sie, umarmt Sabine noch einmal.

»Melde dich wieder. Ich stehe im Telefonbuch.«

Die Treppe kommt ein kleiner Junge mit Schultasche herauf.

»Das ist Jonathan.«

Sabine reißt sich los, rennt die Treppe hinunter.

34

Adam Sobiecki, Sohn polnischer Einwanderer, jetzt 30 Jahre alt, hat bei Maus seine Lehre als Sanitärmechaniker gemacht. Er war unser bester Lehrling, hat Ferdinand mal gesagt. Nach der glänzend bestandenen Meisterprüfung hätte man ihn gerne behalten. Er aber wollte sich selbständig machen, sein eigener Herr sein. Hier in diesem Viertel hat er sein Reich. Ein hohes Tor schützt den kleinen

Innenhof vor neugierigen Blicken. Eine Werkstatt, eine Garage und ein Wohntrakt sind hufeisenförmig angeordnet. Im Hof stehen Pflanzenkübel und eine Sitzecke, eine alte Hollywoodschaukel und Adams kleiner Lieferwagen. Alles hier sieht gemütlich aus, ist mit Liebe gestaltet und sehr aufgeräumt, was in dieser Gegend eher eine Seltenheit ist. Dana, Adams Frau, scheint dafür verantwortlich zu sein. Gerade gießt sie die Pflanzen.

»Adam!«

Er kommt aus der Werkstatt.

»Was gibt's?«

»Schau mal, wer da kommt.«

»Aha – da ist er ja.«

Durch das Tor kommt Ferdinand. Dana verschwindet im Haus, Adam steht da, geht Ferdinand nicht entgegen, lässt ihn auf sich zukommen.

»Ja, wen haben wir denn da!?«

»Guten Tag, Adam, wie geht's, wie steht's?«

»Tag auch, Maus, geht so, muss gehn.«

»Schön hast du's hier.«

»Warum kommst du zu mir, Maus?«

»Ich wollte nur mal schauen, wie du es hier so hast. War gerade in der Gegend.«

»Mach mir nichts vor, Maus.«

»Doch – na ja, also – wie soll ich –«

»Raus mit der Sprache: Was ist los?«

»Es gibt da ein Problem, Adam.«

»Ich weiß.«

»Was weißt du?«

»Na ja, mit dem Jungen, Benny, tut mir leid, was da passiert ist. Scheißsache, was.«

»Woher weißt du davon?«

»Thomas Seidel hat es mir erzählt.«
»Was hat er erzählt?«
»Na ja, dass er den Jungen oben in der Hütte gefunden hat.«
»Soso, hat er dir erzählt.«
»Ja.«
»Wieso hast du Kontakt zu Thomas Seidel?«
»Er war da, wollte wissen, wie das mit so einem Durchlauferhitzer funktioniert, so ganz allgemein wollte er das wissen.«
Adam grinst und genießt die wachsende Unsicherheit von Ferdinand.
»Ein Bier, Maus?«
»Ja, gerne.«
»Dana, bring mal zwei Bier, bitte!«
»Du weißt also, wo das Problem ist, Adam?«
»Natürlich. Wir haben doch das Ding damals eingebaut.«
»Es muss was passieren, und zwar schnell.«
»Allerdings. Und ich soll –?«
»Ja.«
»Was bringt das?«
»Fünfhundert plus Material.«
»Tausend.«
»Mit Rechnung von vor einem Jahr?«
»Wenn's sein muss.«
»Okay. Tausend auf die Hand.«
»Okay.«
»Und wann kannst du das machen?«
»Morgen.«
»Und absolut heimlich – keine Zeugen.«
»Klar, Mann.«

35 Die Multiple Sklerose ist eine chronisch entzündliche Erkrankung des zentralen Nervensystem von Gehirn und Rückenmark, die eine Schädigung der Markscheiden der Nervenfasern verursacht. Bei dieser Erkrankung kommt es zu einer Entmarkung bestimmter Nervenfasern. Der Begriff Multiple Sklerose bedeutet vielfache Vernarbungen, betroffen ist die weiße Substanz von Rückenmark und Gehirn. Die Krankheit ist nicht heilbar, jedoch kann der Verlauf durch verschiedene Maßnahmen oft günstig beeinflusst werden.

36 »Mein armer kleiner Benny, mein Ein und Alles, wie konnte das passieren?«

Niemand kann Else diese Frage beantworten. Sie versteht es nicht. »Oma, ich fahre rauf zur Hütte«, hat er gesagt. Was er dort wollte, weiß sie nicht. Sie hat ihn nicht gefragt. Vielleicht, dachte sie, will er mit seiner Freundin, dieser Ayshe, hinauffahren, mit ihr alleine sein, wie so junge Leute das brauchen. Aber Thomas Seidel hat gesagt, dass er ihn alleine gefunden hat. Und dann das Schreckliche. Und Else kann ihn nicht einmal besuchen. Wie denn auch? Dort im Krankenhaus, sagt Sabine, hätten sie Aufzüge, da komme man mit dem Rollstuhl überall hin. Sie hat Ferdinand schon ein paarmal gebeten, sie zum Krankenhaus zu fahren.

»Jaja, irgendwann, obwohl, was willst du da, du kannst ja nichts machen«, hat er gesagt.

Kann er was machen? Sich wichtigmachen kann er. Sie hat im Krankenhaus angerufen. Man kann dort einen Rollstuhl leihen. Es müsste sie nur jemand hinfahren. Aber wenn sie einmal etwas will, dann hilft ihr in dieser Familie keiner. Sabine hat keine Zeit, Michael ist immer weiß der Teufel wo, Andreas sieht sie kaum noch, und seit ihn Sonja verlassen hat, zieht er sich von den Eltern völlig zurück, geht nur noch ins Büro. Früher, als er und Sonja noch über dem Büro und der Werkstatt gewohnt haben, hatte Else mehr Gesellschaft. Jetzt sitzt sie den ganzen Tag vor dem Fernseher, kennt alle Programme. Benny war der Einzige, der sie ab und zu mal rausgefahren hat, mit Ayshe in den Park, an den kleinen See. Ferdinand tut das nicht. Er saust in der Welt herum. Meister Wichtig! Wichtig in der Firma, im Golfclub, in den Bars und bei irgendwelchen Frauen. So war er immer. Als sie noch laufen konnte und Tennis gespielt hat, war er auch schon fast immer weg. Sie haben sich gerade mal beim Essen gesehen, morgens beim Frühstück. Jetzt läuft er weg, weil er ihren Zustand nicht ertragen kann. Einige Zeit ist er fast jeden Tag zu Benny ins Krankenhaus gelaufen. Noch tut er das, aber seltener. Sollte der Junge aufwachen und dann vielleicht im Rollstuhl sitzen, dann wird er sich nicht mehr kümmern. Er ist nur auf das Gesunde stolz, auf den Benny, der gut Fußball gespielt hat, geboxt hat, ein Sportsmann war. Das hat ihm gefallen. Für Menschen, die ihm nach dem Mund reden, die ihn nie kritisieren, ist er da. Als Ines Michael verlassen hat, was Else sehr gut verstand, hat er nur noch auf sie geschimpft. Michael traf keine Schuld, seinen Michael, seinen Sohn, dessen Eskapaden hat er entschuldigt, seine Lebensweise imponiert ihm, obwohl er weiß, dass sie oberflächlich und lächerlich ist. Als Sonja letztes Jahr Andreas verlassen hat, war sie von heute auf morgen nicht mehr unsere liebe Sonja, sondern die Hexe, die Nutte. Was für eine Familie ist das! Michael ein Luftikus, Andreas ein langweiliger Büromuffel, Ferdinand ein Schürzenjäger, Sabine mit dem Kind von einem Vater, der abgehauen ist – Benny, ihr Sonnenschein, vielleicht tot oder behindert – diese Familie ist ein Schrotthaufen. Und sie sitzt hier und kann nichts tun und hat Angst, dass alles noch schlimmer wird. Vor einem Jahr konnte sie noch an den Krücken gehen, vorbei. Festgenagelt in diesen verdammten Stuhl, verlassen, vergessen. Gestern kam die niedliche kleine Ayshe zu ihr. Einfach so, hat sie besucht. Was für eine Freude. Sie hat von Benny erzählt und wie sehr sie ihn liebt und dass sie ihm was vorliest, weil sie fest daran glaubt, dass er etwas davon versteht, und dass sie ganz große Hoffnung hat, dass er wieder gesund wird. Ach, das gute Kind, dass es so hoffen kann. Sie hat Angst vor Bennys Aufwachen. Ferdinand sagt, dass es besser ist, wenn er stirbt, als dass er lebt, aber ein Idiot ist. Ja, so denkt dieser Mann. Sie fragt sich manchmal, ob sie ihn überhaupt jemals geliebt hat. Vielleicht hätte sie es damals so machen sollen wie Ines. Sich trennen, ein eigenes Leben aufbauen. Aber wie? Was kann sie tun, sie, die nicht weiß, wie lange das noch gutgeht, wie oft die Schübe kommen, ob sie häufiger kommen, die Lähmungen, die Schmerzen, sie, die kaum ein Glas Wasser heben kann?

»Ausgerechnet ich«, sagte Else neulich zu Sabine, »ich bin ein Wrack, ich kann doch nichts mehr verändern.«

37 »Heinz!? Ja, ich bin's, Ferdinand! Hör mal, Heinz --- bitte? --- nein, keine Veränderung, fast vier Monate --- ja, man glaubt es nicht --- nein --- hätte ich dir natürlich gleich --- ja - nein - - nein, ich gebe die Hoffnung nicht auf, bis --- bis der Junge - - jaja, eben, richtig, Heinz - - ja. Du, hör mal, Heinz, der Professor Werner hier, du hast doch gesagt --- hast du bei dem nicht deinen Magen? --- deine Hüfte, ach so, deine Hüfte, jajaja --- deine Hüfte --- wie? Krämer!? Professor Krämer - - was? - mit »c« Crämer --- und »e« - Cremer also. Cremer mit »e«, aha. Werner, heißt der hier --- ja, Professor Werner --- doch, auch Professor natürlich, eine einwandfreie Kapazität, doch, doch. Hab mich natürlich erkundigt. Hinz und Kunz kommt mir an meinen Enkel nicht ran, nein, nein. --- Hör mal, ich lass doch an meinen Jungen - - eben, eben, Heinz, wie du's sagst. --- Und sonst? Wie ist es sonst? - - jaja --- jaja --- Ach, kann nicht klagen, viel Arbeit, ja. - - Ja, naja, bis auf das hier, ja. - - Ja, schrecklich. Nein, Heinz, ich bin für den Jungen da, nein! Ich hab es dem Jungen versprochen, Junge, hab ich zu ihm gesagt - - ja, er kann alles verstehen - - sagt der Professor Werner.

Junge, hab ich gesagt, ich fahre nach Lourdes, wenn du die Augen aufschlägst. -- Aber natürlich, was denkst du von mir!? - -

Eben, hab ich auch gedacht, fahre ich mit dem Kombi, nehm ich die Else gleich samt dem Rollstuhl mit.

Kann nicht schaden, wer weiß, Heinz, soll ja schon welchen geholfen haben, die Muttergottes da unten, ja. Ich meine, unter uns gesagt, Heinz, ich glaub nicht dran, aber wie heißt es so schön, Wunder gibt es immer wieder - jaja --- und ich meine, wenn man schon mal unten ist! --- Ja, und das ausgerechnet uns, ihm, diesem Jungen. - - Wenn ich es dir sage, ein gesunder Kerl durch und durch. Raucht nicht, trinkt nicht, macht Sport – und gerade so einer --- jawohl, du sagst es, Heinz, kann das Schicksal nicht einen von diesen drogensüchtigen aidskranken Typen erwischen – einen, wo es sozusagen ohnehin schon egal ist? Nein, Heinz, das ist keine Gerechtigkeit. Der Junge hätte nächste Woche sein erstes A-Jugendspiel gehabt. Ein Jammer, ein Jammer. --- Nein, mach ich mir nicht, Heinz, es wird wieder werden. --- Nein, Else ist nicht da, wie denn? Was sollte sie hier? -- Eben, Heinz, eben. --- Aber ich halte sie auf dem Laufenden, ja, ja --- doch, Heinz, das ist er. Doch, bei Professor Krämer ist er in besten Händen. Eine Kapazität. Absolute Kapazität. Hab ich mich drüber informiert.

38

»Thomas, du bildest dir da was ein. Steigere dich doch nicht in die Sache rein. Ich finde den Maus auch grässlich – aber kriminell – nein, das glaube ich nicht. Es war ein Unfall. Da oben wird alles seine Richtigkeit haben. Ist doch noch nie was passiert vorher. Das können sich die Mäuse gar nicht leisten, dass da was nicht vorschriftsmäßig ist. Nein, Thomas, lass es. Halt dich da raus. Wir wollen uns doch nicht mit diesen Leuten anlegen.«
»Nein, Frank, die Sache stinkt, und ich werde es beweisen. Das bin ich dem Jungen schuldig.«

Thomas traut seinen Augen nicht.
Alles ist vorschriftsmäßig. Vom oberen Stutzen der Therme

führt ein Rohr unter der Decke entlang zur Außenwand und durch ein Loch nach draußen. Und in der Tür im unteren Teil befindet sich ein Gitter, durch das Frischluft in den Raum gelangen kann. Er ist extra noch einmal zur Waldhütte hinaufgefahren, um sich den Beweis zu holen für das, was er als den Grund für Bennys Unfall angesehen hat. Seit vier Monaten liegt er nun da, und keine Besserung in Sicht. Gestern war Thomas dort, durfte auch zu ihm, hat seine Hand gehalten und in die aufgerissenen Augen geschaut, die irgendwohin ins Leere starren. Er hat zu ihm gesprochen. Weißt du noch, Benny, wie wir im Wald dieses verletzte Eichhörnchen gefunden haben und wie wir es zum Tierarzt gebracht haben und du es dann ein paar Wochen in deinem Zimmer gefüttert hast und wie wir es dann oben an der Waldhütte wieder ausgesetzt haben? Weißt du noch, wie schnell es sofort aus dem Käfig raus auf den nächsten Baum geflitzt ist und uns dann von oben angeschaut hat? Es bedankt sich, hast du gesagt, und wir hatten so eine Freude daran. Drücke meine Hand, wenn du mich verstehst. War da ein sachter Händedruck, oder bildete er ihn sich nur ein? Er weiß es nicht. Ich will es beweisen, hat er sich gesagt, ich muss das tun, ja, ich bin es Benny schuldig. Es ist ein Verbrechen, fahrlässige Körperverletzung, was weiß er, der er sich ja mit diesen juristischen Dingen nicht auskennt. Frank wird es wissen. Und er wird es glauben müssen, wenn ihm Thomas die Beweise bringt. Wenn Benny stirbt oder nicht in nächster Zeit aufwacht und wieder gesund wird, darf er nicht mehr schweigen, das nimmt sich Thomas vor. Fotos wollte er machen, um den Beweis vorlegen zu können. Und nun das. Er ist sich ganz sicher, dass es dieses Rohr und dieses Gitter in der Tür vorher nicht gegeben hat, dass das vor kurzem erst eingebaut worden ist, um sozusagen die Spuren zu verwischen. Das sieht diesen Leuten ähnlich. Wie aber soll er das nachweisen? Woran kann man erkennen, dass hier nachträglich Sachen gebaut worden sind? Er weiß es nicht, ist ratlos und wütend. Er macht trotzdem Fotos, und plötzlich hat er eine Idee. Er rennt hinaus, steigt aufs Motorrad und fährt ins Tal.

39

»Die Frauen kann ich leiden, die ihr Kind zu den Großeltern geben, weil sie zu faul und zu bequem sind, es zu erziehen. Und dann auf dem Markt herumwildern und anderen Frauen die Männer wegnehmen. Wie steht es denn um dein Bennylein? Oder interessiert dich das nicht mehr?«

»Dagmar, lass es, du bist betrunken«, sagt Ralf, ein Lehrerkollege von Rüdeger, während der betreten schweigt, so tut, als ginge ihn das gar nichts an. Ines ist wütender auf ihn als auf Dagmar, von der nichts anderes als Bosheit zu erwarten ist. Warum sagt er nichts, warum verteidigt er sie nicht, warum weist er Dagmar nicht in die Schranken? Er traut sich nicht, das ist das Problem. Er hat immer noch Angst vor dieser Frau, das weiß sie, und das nützt sie aus, denn das ist ihre Macht über ihn. Sie hat das Hündchen Rüdeger immer noch an der Leine, und wehe, es pariert nicht. Dann erpresst sie ihn mit den Kindern, entzieht sie ihm, droht mit Sorgerechtsentzug oder, das hat sie schon zweimal erfolgreich durchgespielt, sie droht mit Selbstmord. Beide Male war er zur Stelle, sorgte sich und durchschaute nicht das böse Spiel. Eine leere Pillenpackung lag neben ihrem Bett. Sie röchelte, war aber über den Berg. Rüdeger nahm die Schachtel mit, zeigte sie

Ines zum Beweis. Die ging damit in die Apotheke. Es waren Grippetabletten, von denen Dagmar, wenn sie sie tatsächlich alle genommen hat, allenfalls schlecht geworden sein kann. Ines weiß nicht, wie lange sie das noch aushält. Ganz kann sie sich noch nicht von ihm trennen, aber die Liebe beginnt zu erkalten, übrig bleibt fast nur noch der Sex.
Sie hatte nach Michael eine kurze heftige Beziehung, die ihr die Trennung von Michael erleichterte. Als das zu Ende war, hat sie längere Zeit die Männer gemieden, hatte mal ein Abenteuer, eine Nacht, manche Enttäuschungen und Reinfälle. Dass Benny nach der Trennung von Michael bei den Großeltern blieb, war ihr recht. Sie wollte frei sein, ohne Verantwortung, zumal sie sich eingestehen musste, dass sie nie eine gute Mutter gewesen war, dass sie die Erziehungsbestrebungen der Großeltern gerne zuließ, um sich ihrer Arbeit, dem Aufbau ihres Ladens widmen zu können. Der Laden erfüllte sie. Bald hatte sie einen Kundenstamm, die wohlsituierten Damen der Stadt, die mit eifrigem Dekorierwillen ihr Heim verschönerten, mit Sachen aus ihrem Laden. Sie fuhr auf Messen, kaufte klug ein, wusste genau, was ihre Klientel verlangte, und wurde eine tüchtige Geschäftsfrau. Finanziell war sie von den Mäusen unabhängig.
Eigentlich war Rüdeger für sie auch nur ein Abenteuer. Sie lernte ihn auf einem Straßenfest kennen, wo er mit seinen Schülern deren Zeichnungen und Basteleien verkaufte. Sie landeten sehr schnell im Bett, sie wollte wieder mal Sex. Das war in Ordnung und hätte in ihren Augen damit auch erledigt sein können, zumal sie wusste, dass er verheiratet war, zwei Kinder hatte und bei seiner Familie lebte. Ein Verhältnis mit einem verheirateten Mann wollte Ines auf keinen Fall. Doch er powerte, rief an, schickte Blumen und Mails, kam in den Laden, umgarnte und umwarb sie und stand eines Tages mit

zwei Koffern vor ihrer Tür mit der Ansage, er habe soeben seine Frau verlassen.

Ines war überrascht, auch gerührt, glaubte ihm seine Entschiedenheit und nahm ihn auf. Sie machten Urlaub im Robinson-Club auf Kreta, hatten fast so etwas wie Flitterwochen, und er sprach von Scheidung. Als sie zurück waren, war davon nicht mehr die Rede. Ines war es egal, sie hatte sogar eher Angst davor, dass er sie hätte heiraten wollen, was ja erst einmal eine Scheidung von Michael bedeutet hätte. Einige Zeit ging es gut zwischen ihnen, er hatte seinen Job in der Schule, sie ihren Laden, man hockte nicht ständig aufeinander. Rüdeger traf sich regelmäßig mit seinen sechsjährigen Zwillingsmädchen, die allerdings Ines gegenüber schüchtern bis feindlich gestimmt waren, was auf die Hetze der Mutter schließen ließ. Und wer dachte, Dagmar würde sich mit der Situation arrangieren, hatte sich kräftig getäuscht. Sie spielte Rüdeger das arme, verlassene Weibchen vor, das seiner großen Liebe beraubt worden ist und nicht einmal wusste, wo im doch so gemütlichen, von ihnen beiden eingerichteten Heim der Sicherungskasten ist und wie man eine Glühbirne auswechselt. Rüdeger war stets zur Stelle, wobei er Ines weiszumachen versuchte, dass das nichts als ein freundlicher Akt sei, der nichts bedeute, denn sie könne doch gewiss sein, dass er nicht mehr dorthin, sondern zu ihr gehöre. Bald war sie sich dessen nicht mehr so sicher.

Eigentlich wollte Ines zu dem Schulfest gar nicht mitgehen, wollte Dagmar nicht begegnen, doch Rüdeger wünschte es sich so sehr. Sie saßen an langen Tischen im Schulhof, tranken, aßen die obligatorischen Nudelsalate, von emsigen Müttern zubereitet, Kinder rannten um sie herum, und während es überall lustig zuging, lag eine bleierne Stille über dem Tisch, an dem Dagmar, Rüdeger, Ines und ein paar Lehrerkollegen und Eltern saßen. Alle spürten, dass eine Spannung zwischen den beiden Frauen war. Als schließlich eine Mutter Ines nach Benny und seinem Befinden fragte, legte Dagmar los, betrunken oder nicht, das war schwer zu sagen, und Rüdeger schwieg, verteidigte Ines nicht, tat sogar so, als habe er gar nicht mitbekommen, was Dagmar Ines an den Kopf geworfen hat, und da ahnte die, dass dieser Mann nicht nur an einer Leine, sondern an einer ziemlich dicken, schweren Kette hing, die einen aufrechten Gang kaum zuließ.

Sie behielt die Ruhe, würdigte weder Dagmar noch Rüdeger eines Blickes und ging, was dem Lehrerkollegen Patrick, der sich gerne an Rüdegers Stelle als Geliebter von Ines gesehen hätte, sehr imponierte.

»Du verdienst sie nicht«, sagte er zu Rüdeger, was eine weitere Tirade von Dagmar zur Folge hatte.

In der Nacht kam Rüdeger leicht angetrunken zu Ines, weinte, war ein Häufchen Elend, der hilflose Junge, der so gar keinen Mut gehabt habe und sich dafür aber schäme und in Zukunft ihr Beschützer sein wolle, wenn sie ihn nur jetzt an die Brust nehme und gut zu ihm sei. Und sie verzieh ihm, tröstete ihn, wischte seine Tränen ab und nahm ihn mit ins Bett, wo immer noch funktionierte, was im Alltag schon nicht mehr selbstverständlich war.

40 Die Multiple Sklerose kann unterschiedliche Verlaufsformen haben und tritt meist schon im frühen Erwachsenenalter auf. Neben sehr milden Fällen, die von den Patienten im Alltagsleben meist kaum gespürt werden, können auch gravierende Verläufe auftreten, die innerhalb kürzester Zeit eine starke Einschränkung der Selbständigkeit verursachen. Außerdem kann Multiple Sklerose die Psyche beeinflussen und somit Anzeichen für psychische Erkrankungen mit sich bringen: Multiple Sklerose macht anfälliger für Stimmungsschwankungen und depressive Symptome wie Traurigkeit, Schlaflosigkeit und Antriebslosigkeit. Mitunter zeigen ältere Menschen mit Multipler Sklerose aber auch ein sehr euphorisches Verhalten, das mit dem eigentlichen Krankheitszustand nicht in Übereinstimmung zu bringen ist.

41 »Hallo, Else, ich bin da!«
Ferdinand geht erst einmal in die Küche, holt sich eine Flasche Bier aus dem Kühlschrank, trinkt, kommt dann ins Wohnzimmer, wo Else im Rollstuhl vor dem Fernseher sitzt.
»Abend, Mutter. Na, alles klar?«
Else antwortet nicht, macht den Fernseher aus.
»Guck ruhig weiter, ich muss sowieso gleich wieder weg.«
»Ferdinand, setz dich hin«, sagt Else, »ich muss mit dir reden.«
Das verwirrt ihn für einen Moment. Was ist los? Wenn sie ihn Ferdinand nennt und nicht Ferdi, hat das noch nie was Gutes

bedeutet. So kennt er seine Frau nicht, so entschieden, so ohne zu jammern. Und warum hat sie den Fernseher ausgemacht? Das macht sie doch sonst nicht, wenn sie ihn und sein Heimkommen oft nicht einmal wahrnimmt. Er setzt sich, trinkt aus der Flasche, schaut Else, die mit dem Rollstuhl an den Couchtisch gefahren kommt, unsicher an.

»Was gibt es?«

Sie atmet schwer, ist aufgeregt, auch etwas nervös. Ganz leicht fällt es ihr nicht, das zu sagen, was sie sich seit Tagen zurechtgelegt hat. Mit Sabine hat sie sich besprochen. Die hat sie bestärkt. Immer wieder hat sie alles vor sich hin gesagt, laut, leise, rausgebrüllt, in verschiedensten Tonlagen, um schließlich doch angesichts seiner Unsicherheit zu einer verblüffenden Entschlossenheit, einer fast heiteren Stimmung zu gelangen.

»Ferdinand, ich ziehe aus.«

Er verschluckt sich an seinem Bier, hustet und verfängt sich wie so oft erst einmal im banalsten Gedanken. Sie, die sich nicht einmal aus dem Haus bewegen kann, nicht einmal auf die Terrasse, die mit den Krücken kaum fünf Schritte gehen kann, will ausziehen. Was heißt denn das? Verblüfft verbietet er sich, diesen Gedanken auszusprechen. Aber zu mehr als einem »Was-soll-das« ist er nicht fähig, wohingegen Else die Brücke baut zu dem, was sie ihm sagen will.

Er möge sich daran erinnern, wie sportlich sie gewesen ist, wie sie ihn im Tennis geschlagen hat, wie sie geschwommen, Ski gefahren ist, wie sie tanzen konnte auf den Bällen des Golfclubs, wie sie Radtouren gemacht hat, wie stolz er auf sie war. Sogar einen Yoga-Kurs hatte sie gemacht und schon selbst Unterricht gegeben. Und wie es dann losgegangen ist mit ihrer Krankheit, die er lange gar nicht ernst genommen habe, vermutlich auch, weil sie nie gejammert hat. Und wie zuerst die Krücken kamen, dann der Rollstuhl. Und die vielen Untersuchungen und die Medikamente, die vielen Medikamente. Wie sie immer gebeugter gegangen ist, ihr die Beine versagten, sie sich gerade einmal zwei Meter vom Rollstuhl ins Bett schleppen konnte, keine Kraft mehr in den Händen hatte, nicht mehr in der Küche stehen und kochen konnte. Und wie das Haus hier immer mehr zu ihrem Gefängnis geworden ist und die Welt draußen für sie nur noch da war, wenn Wohlmeinende sie einmal hilfsbereit hinausführten, was er ja nie getan habe. Kein Mann in der Familie habe ihr wirklich geholfen. Nur die Frauen seien für sie da gewesen. Jetzt sind sie fort, die Frauen, Sonja, Ines und bald auch Sabine, die nach Berlin gehen will. Nur der Kleine, ihr Benny, habe ihr geholfen. Und der ist jetzt auch nicht mehr da. Er, Ferdinand, habe ihr Leben vor dem Fernseher einfach so hingenommen, als etwas Selbstverständliches, als ihr Schicksal. Wie oft habe sie darum gebeten, dass man den Eingang und den Austritt zur Terrasse rollstuhlgerecht macht, dass man die Dusche umbaut, die Türschwellen nivelliert. Nichts sei geschehen, jahrelang sei sie vertröstet worden. Immer seien andere Dinge wichtiger gewesen, und sie habe sich beschieden und gefügt. Aber das sei jetzt vorbei. Jetzt habe sie ihr Schicksal selbst in die Hände genommen, jetzt bestimme sie über ihre Zukunft.

»Jetzt ändert sich mein Leben. Und deines auch.«

Sie hält inne und schaut ihn herausfordernd an. Er weicht ihrem Blick aus, starrt auf die Schwärze des Fernsehers und wünscht sich für diesen Moment irgendeine Kochshow und dazu Elses Kommentare, »den Lafer mag ich nicht, der Schubeck ist zu dick, der Lichter ist ja nett, aber dieser affige Bart, also nein, der Lanz – ein schicker Junge«. Doch der Fernseher bleibt schwarz und spiegelt einen verunsicherten Ferdinand Maus wider, der ahnt, dass dies jetzt ein Wendepunkt in seinem Leben sein kann, dessen Folgen ihm noch unbekannt sind.

»Ich ziehe aus.«

»Was heißt das?«

Triumphierend erzählt sie, dass sie mit Sabines Hilfe alles geregelt habe und im nahen Sonnenhof-Heim ein schönes Zimmer bekomme. Dort sei alles rollstuhlgerecht, es gebe ein Restaurant, ein Café, eine Bibliothek, einen Fernsehraum, breite Aufzüge, Pflegepersonal und sogar ein behindertengerechtes Schwimmbad und einen Garten. Man habe Gesellschaft, wenn man sie brauche und wolle, man könne alleine sein, auf seinem Zimmer essen oder fernsehen, oder in Gesellschaft. Es würden mit einem Bus Ausflüge gemacht. Dort werde sie leben.

Ferdinand ist zunächst sprachlos und erstaunt, er weiß nicht, was er sagen soll, ist überrumpelt und auch verärgert.

»Ich werde unter Menschen leben, die teilweise das gleiche Schicksal haben wie ich«, sagt sie und wartet gespannt auf seine Reaktion.

»Und warum erfahre ich das jetzt erst, ich meine, hätte man das nicht miteinander besprechen müssen? Warum wird das mit Sabine besprochen und nicht mit mir?«

»Du hättest ja doch nur versucht, es mir auszureden.«

»Vermutlich, ja. Weil es eine Schnapsidee ist.«

»Es ist meine Rettung – aber das begreifst du ja nicht.«

»Und was sollen die Leute denken?«

Ferdinand sagt das und weiß in dem Moment, dass er das nicht hätte sagen sollen, denn er ahnt, was sie erwidern wird. Er weiß ja, dass er sie vernachlässigt, dass er ständig unterwegs ist, flieht, um nicht neben ihr vor dem Fernseher zu sit-

zen, sich die ewig gleichen Kommentare anzuhören, und er weiß auch, dass darüber so mancher sich seine Gedanken macht.
»Was sollen sie denn denken?«
»Jetzt schiebt der Maus seine Frau ins Heim ab.«
»Was glaubst du, was die Leute bisher gedacht haben?«
Er antwortet nicht, trinkt sein Bier aus und geht hinaus. Else lächelt, nimmt das drahtlose Telefon, wählt.
»Sabine! Ich hab es gebracht!«

42

Wie sie das hasst! Sie hat Kundinnen, die umständlich und unentschlossen sind, beraten und umworben werden wollen, herausgeputzte, gestylte Mittvierzigerinnen mit Freude am postmodernen Schnickschnack, und Michael kommt in den Laden geschlendert, mustert die Frauen, checkt sie durch, setzt sich in den Sessel, fühlt sich wie zu Hause, ist gekommen, um ihr zum hundertsten Mal irgendeine Belanglosigkeit aus seinem sinnlosen Leben mitzuteilen. Meist gipfelt es darin, dass er weinerlich wird, von noch vorhandener Liebe redet, dazwischen einen Anruf von irgendeiner seiner Eroberungen bekommt, Ines auf die Nerven geht, bis sie ihn förmlich hinauswirft. Vergeblich macht sie ihm immer wieder klar, dass sie diese Besuche im Laden nicht will, dass er sie in Ruhe lassen soll. Jetzt benutzt er bewusst die Situation mit Benny, um zu ihr Kontakt aufzunehmen. Heute ist er besonders hartnäckig.
Er sei gerade bei Benny gewesen, und wieder sei ihm klar

geworden, wie furchtbar, aber auch wie ausweglos das Ganze ist. Es falle ihm schwer, sagt er, ins Krankenhaus zu gehen, denn er könne dieses Elend nicht ertragen. Ohnehin könne ihm niemand erzählen, dass der Junge etwas spüre, begreife, sehe. Fünf Monate liege er nun da. Da sei doch nichts mehr, keine Regung, nichts. Er habe beschlossen, erst wieder hinzugehen, wenn es eine Veränderung gebe. Man solle ihn nicht verantwortungslos nennen, aber es müsse einen Sinn haben, wenn man sich kümmere, und den sehe er nicht.

Ines ahnt die Absicht hinter dieser lächerlichen und dummen Inszenierung. Er, der sich jahrelang nicht um den Sohn gekümmert hat, will ihr jetzt einerseits vormachen, wie nahe ihm das alles gehe, wie besorgt er doch sei, andererseits will er seine offensichtliche Absicht, sich wieder einmal aus dem Staub zu machen, sich jeder Verantwortung zu entziehen, mit der Aussichtslosigkeit rechtfertigen. Und dazu glaubt er ihre Absolution zu brauchen.

»Ja, Michael Maus, es ist Urlaubszeit. Da will man nicht wegen eines im Koma liegenden Sohnes zu Hause bleiben, nein, man will raus, ans Meer, zu den Reichen und Schönen, nicht wahr. Aber Scheiße, man hat ein schlechtes Gewissen. Wer kann einem das nehmen? Wer kann sagen: Michael, mach dir keine Gedanken, der Junge kann auf dich verzichten. Da kommt man zu Ines, und die soll das sagen, die gibt die Absolution. So sieht's doch aus, oder?«

»Du bist ungerecht und bösartig.«

»Du willst doch mit deiner Flamme in Urlaub fahren, stimmt's?«

»Ja, ich –«

»Dann fahr doch, aber lass mich in Ruhe. Hau ab, geh mir aus den Augen, ich will dich hier nicht mehr sehen, kapiert?«

»Ines, so müssen wir doch nicht miteinander umgehen.«
»Doch!«
Oberflächlich, wie er ist, hat er schon wieder gute Laune, verspürt er eine Absolution.
»Übrigens, ich fahre nach Teneriffa – aber ohne die Flamme.«
»Interessant.«
»Du kannst mitkommen, wenn du willst.«
»Sonst noch was?«
»Es ist mein Ernst.«
»Das ist das Schlimmste daran.«

43

Thomas gelingt es nach einigen Telefonaten herauszubekommen, wer an jenem Montag vor fünf Monaten Sanitätsdienst hatte und Benny von der Hütte oben holte. Jetzt sitzt er in der Kantine einer Rotkreuzstation Diethelm Kraus gegenüber, einem kleinen, dicken, schnauzbärtigen Mittvierziger, der damals oben die Fotos gemacht hat.
Ja, er habe die Bilder noch – möglicherweise sogar noch hier in seinem Handy, und im Rechner habe er sie damals natürlich abgelegt. Aber wozu Thomas denn die Fotos brauche.
»Ich bin der Onkel des Jungen. Er liegt immer noch im Koma, und man weiß nicht, ob er je wieder aufwachen wird. Was da oben passiert ist, hätte nicht passieren dürfen. Es gibt für diesen Unfall Schuldige.«
»Warum machen Sie keine Anzeige?«
»Ich brauche Beweise, Ihre Fotos könnten mir die vielleicht liefern. Vielleicht, ich müsste prüfen, was man darauf sieht.«

»Man sieht den Jungen da liegen, was sonst. Aber bitte – wenn Sie wollen – mal sehen, ob ich sie noch habe.«
Er holt sein Handy heraus, sucht die Bilder, was einige Zeit dauert, findet sie tatsächlich, hält Thomas dann das Handy hin. Der schaut sehr genau darauf. Es sind mehrere Bilder. Eines findet sein besonderes Interesse. Er macht es groß.
»Da – da sieht man es. Moment.«
Thomas ist ganz aufgeregt. Er holt sein Handy heraus, sucht ein Bild, legt die beiden Handys nebeneinander.
»Fällt Ihnen da was auf?«
»Nein, eigentlich nicht – oder, Moment mal, doch – wann haben Sie das gemacht?«
»Vor ein paar Stunden. Sehen Sie, da auf Ihrem Foto die Wand neben dem Durchlauferhitzer – und jetzt dieselbe Wand auf meinem Foto – sehen Sie das Rohr?«
»Ja, verdammt.«
»Man hat nachträglich einen Abzug gebaut, wie ihn die Vorschrift verlangt. Vorher war der nicht da. Der Junge hat geduscht, die Tür ist zugefallen, und der Junge war in der Falle – die Luft war schnell verbraucht – Gasdurchlauferhitzer – und er ist bewusstlos geworden.«
»Da sollten Sie aber doch eine Anzeige machen. Die Bilder stehen selbstverständlich zur Verfügung.«

44 »Was willst du hier, Frank, du kannst dem Jungen sowieso nicht helfen, ich halte hier die Stellung, sicher hast du was Besseres zu tun. Ich habe hier alles im Griff, also wie gesagt, wenn du Besseres zu tun hast, mach dir keine Gedanken. Es läuft hier auch ohne dich – und deinen Vater –, überhaupt, ihr müsst euch nicht kümmern.«

Wenn Ferdinand Maus sagt, dass er eine Sache im Griff hat, dann – das ist Frank Seidels Erfahrung – hält man sich am besten zurück, lässt ihn reden, seine Rolle spielen. Frank kann damit umgehen, sein Vater und Thomas können es nicht. Sie hassen ihn geradezu. Man darf sich einfach mit ihm nicht anlegen. Im Grunde ist er ja ein armes Schwein. Die Frau im Rollstuhl, ein ständiges schlechtes Gewissen, der eine Sohn, Michael, ein Luftikus, unbrauchbar für das Geschäft, der andere, Andreas, fleißig, umsichtig die Firma führend, aber blass und, nachdem ihn Sonja verlassen hat, auch noch unglücklich und einsam und, wie man Frank erzählt hat, ziemlich am Alkohol. Sonja und Frank hatten eine kurze Affäre, drei Monate lang. Das reichte für sie, um sich von Andreas zu trennen. Sie hat es bewusst getan, mit dem Wissen, dass es mit Frank nicht lange gehen würde. Das wussten sie beide. Es waren heftige, wunderbare drei Monate. Während er neben dem schwadronierenden Ferdinand sitzt und darauf wartet, dass er zu Benny hineingehen kann, denkt er mit Freude an die Heimlichtuereien, die der absolute Thrill waren. Das kam ja irgendwie aus heiterem Himmel. Sonja suchte ihn im Büro auf, um sich wegen ihrer Scheidungsabsichten beraten zu lassen. Der Witz war, dass sie vor fünfzehn Jahren schon fast einmal im Bett gelandet wären, nach einer heftigen Karnevalsfeier. Sie waren aber zu betrunken, jedenfalls wurde es nichts. Dann hatte sie ihren Andreas, Frank andere Frauengeschichten, und im Zuge des Maus-Seiler'schen

Rosenkriegs verloren sie sich aus den Augen. Da lag es jetzt einfach in der Luft, dass sie noch im Büro übereinander herfielen.

Da sitzt Frank nun neben Ferdinand Maus, dem Mann, der sich mal wie ein Familienpatriarch vorkam, wie der Pate, der Mächtige, der alle Familienmitglieder, auch die angeheirateten, beherrschen konnte und jetzt ausgedient hat. Der Clan zerfällt, und der Patriarch wird lächerlich. Der einzige Mensch, der ihm geblieben ist, der ihn bewundert, vielleicht sogar liebt und den Opa wie einen Vater vergöttert, liegt da hinter einer Glasscheibe, und man weiß nicht, was daraus wird. Und wenn man Thomas und seinen Recherchen glaubt, dann muss den Alten auch noch die Angst umtreiben, dass man ihn für schuldig hält am Schicksal des Jungen. Thomas, der Ferdinand hasst, seit der das gute Verhältnis zu Benny zerstört hat, lässt da nicht locker. Ob er dann wirklich was beweisen kann – Frank weiß es nicht. Thomas hat sich gleich nach der Trennung von Michael und Ines sehr um Benny gekümmert. Da war der zehn Jahre alt. Er hat ihn zu Fußballspielen mitgenommen, zu Autorennen, auf die Jagd, später ins Fitnessstudio. Er war ihm Freund, Vater, Onkel, und als sich der Junge in der Pubertät auch öfter mal mit den Großeltern anlegte und ziemlich durcheinander gewesen sein muss, war es Thomas, der zu vermitteln versuchte, der für ihn da war. Dann irgendwann war Ferdinand wohl eifersüchtig. Der Junge hing zu sehr an Thomas, also machte er ihn schlecht, erzählte irgendwelche Geschichten, die darin gipfelten, dass Thomas wohl, da er nie eine Freundin hatte, schwul und doch kein Umgang für den Enkel sei. Das will Thomas dem Maus heimzahlen. Rache, denkt Frank, ist ein Gericht, das auch kalt gegessen werden kann.

Er selbst hat zu Benny eigentlich kein Verhältnis. Er hat

ihn selten gesehen, kaum mit ihm gesprochen, was auch daran lag, dass es seit der Trennung von Ines und Michael diesen kalten Krieg zwischen Maus und Seidel gab und gibt, worüber sich nur Thomas für einige Zeit hinweggesetzt hat.
Noch kann man nicht zu Benny gehen, denn die Krankenschwestern sind bei ihm. Frank schaut auf die Uhr, was Ferdinand bemerkt.
»Tu dir keinen Zwang an, du musst nicht warten. Man kann ja eh nichts machen – nicht, dass du eine Protokollierung versäumst.«
Ach, der Maus, immer noch für eine Sottise gut, denkt Frank.
Er geht.

45

»Warum soll ich bei dir bleiben, wo ich mich doch nur noch langweile mit dir?«
Das hat Sonja gesagt, als sie Andreas verlassen hat. Er war geschockt, konnte das gar nicht glauben, vor allem, mit welcher Gefühlskälte sie ging. Ja, sie hatten sich miteinander nicht mehr viel Mühe gegeben. Tag für Tag saßen sie zusammen im Büro, nur noch im Dienst des Betriebs. Das stumpft ab. Mit dem Sex war auch nicht mehr viel los. Die Heftigkeit der ersten drei Jahre war plötzlich wie weggeblasen. Alle paar Wochen schliefen sie noch miteinander, pflichtgemäß, lustlos. Spaß hatten sie daran beide nicht mehr. Er ist manchmal zu Nutten gegangen, aber das war es auch nicht. Irgendwann glaubte Andreas, dass Sonja lesbisch sei. Sie war im-

mer mit Frauen zusammen, ist mit einer Frauenclique für eine Woche in die Türkei gefahren, während sie jahrelang keinen Urlaub mehr miteinander gemacht haben. Dann hat sie ausgerechnet mit Frank Seidel etwas angefangen. Und sie hat die Scheidung eingereicht, es konnte ihr nicht schnell genug gehen. Vermutlich, denkt Andreas, hat sie sich mit dem Seidel was ausgerechnet. Aber das war wohl nichts. Nach ein paar Monaten war die Affäre vorbei. Das scheint bei dem immer so zu sein, diesem Klugscheißer vor dem Herrn.
Andreas wusste es von Anfang an. Ein Kamerad aus dem Schützenverein wohnt bei Frank Seidel im Haus. Der hat alles mitbekommen und es ihm gesteckt, was die beiden vermutlich bis heute nicht wissen. Sonja gegenüber hat er darüber auch nie gesprochen.
Wir haben ja vieles falsch gemacht, denkt Andreas. Sie hätten damals nicht in die Wohnung neben dem Elternhaus ziehen dürfen. Mit seinen Eltern unter einem Dach zu leben, das war für Sonja nicht einfach. Als Ines das nicht mehr wollte, hätte ihnen das schon eine Warnung sein sollen. Es war halt so einfach. Aber über allem immer Vater, der Familienpatron, der sich in alles einmischte. Und mit Mutters fortschreitender Krankheit und der Sorge um sie war Sonja irgendwann auch überfordert. Jetzt wohnen hier nur noch Vater und er, seit Mutter ins Heim gegangen ist. Wenn nicht eine bosnische Putzfrau alle paar Tage käme, wäre im Haus vermutlich Chaos. Diese kleine dicke Frau, etwa fünfzig, hält alles sauber, kocht sogar manchmal für Ferdinand, seltener für Andreas. Er ist sich ziemlich sicher, der Vater vögelt auch mit ihr. Er gönnt es ihm.
Andreas selbst ist jetzt wieder an dem Punkt, an dem er vor siebzehn Jahren war, als er sich entscheiden musste für die Firma oder ein anderes Leben. Er muss sich jetzt wieder ent-

scheiden, was ihm leichter fiele, wenn der Vater nicht wäre, der sich gegen jede Veränderung wehrt.
Damals hat er mich ganz einfach erpresst, denkt Andreas, das lasse ich nicht noch einmal zu.

46

Sein linker Arm wurde taub. Vielleicht bilde ich mir das nur ein, sagte sich Siegfried Seidel. Dann verkrampfte sich seine linke Brust, es wurde ihm schlecht, er schwitzte, die Bilder des Fernsehers – er schaute gerade Sportschau, 2. Liga – verschwammen, sein Herz raste. Herzinfarkt, dachte er, denn waren das nicht die typischen Symptome? Herzinfarkt und niemand da. Elfriede war übers Wochenende zur neunzigjährigen Mutter nach Freiburg gefahren. Er also alleine in der Wohnung. Er schleppte sich zum Telefon, rief den Notdienst an. Als der Notarzt kam, wollte er ihn schon fast wieder wegschicken, doch der veranlasste, nachdem er ihn abgehört und den Puls gefühlt hatte, dass man ihn ins nächste Krankenhaus brachte.
Ein Herzinfarkt, sagte der junge Stationsarzt, sei es nicht gewesen, aber mit dem Blutdruck von zweihundertzwanzig hätte er die Nacht wohl nicht überlebt. Mit Spritzen senkte man den Blutdruck und behielt Siegfried der Sicherheit halber da. Am nächsten Morgen wachte er auf und fühlte sich gesund. Er trat ans Fenster und erschrak für einen Moment, denn er schaute auf einen Friedhof. Jetzt wurde ihm bewusst, dass man ihn ins Vincentius-Krankenhaus gebracht hatte, das delikaterweise neben einem Friedhof liegt, dem Friedhof, auf

dem die Seidels ihr Grab haben. Er schaute auf »seinen« Friedhof, erkannte die Gräber, sah das Gestell mit den zwei Dutzend Wasserkannen aus Plastik in allen Farben, jede einzelne mit einem Fahrradschloss gesichert.

Dort rechts, dann links, das dritte Grab, dort liegen seine Großeltern, seine Mutter, die früh verstorbene Schwester und ihr Kind, das mit drei Jahren den sogenannten Plötzlichen Kindstod gestorben war. Auf dem Grabstein steht auch Ludwig Seidel, sein Vater, der in Russland gefallen ist, den er nie kennengelernt hat, dessen Namen die Mutter, obwohl seine Leiche nicht dort liegt, auf dem Stein haben wollte.

Siegfried schaute nach dem ersten Schreck mit Wohlgefallen auf den ihm so vertrauten Friedhof. Es überkam ihn sogar eine Art Heiterkeit, eine Freude darüber, noch nicht dort zu liegen.

Er war fünfundsechzig Jahre alt und seit drei Monaten pensioniert. Er war nie in seinem Leben krank gewesen, hatte außer bei Besuchen nie ein Krankenhaus von innen gesehen, hatte in über vierzig Berufsjahren keinen einzigen Tag wegen Krankheit gefehlt und stand da und dachte darüber nach, dass jetzt wohl die Leiden des Alters begannen, nicht nur, wie schon gewohnt, mit den Zähnen.

Das war vor fünf Jahren. Siegfried ist jetzt siebzig, und heute, an einem heißen Julitag, steht er wieder einmal vor dem Grab, zupft etwas Unkraut, gießt die von der Hitze welken Stiefmütterchen, die Elfriede gepflanzt hat, bringt die Gießkanne zum Brunnen zurück und schaut zu dem Fenster des Krankenhauses hinauf, an dem er damals stand.

Er hatte in den fünf Jahren keine Beschwerden mehr. Man hatte sein Herz damals kardiologisch untersucht, nichts gefunden und ihm nicht erklären können, was da mit ihm passiert war. Er ist gesund, nur die Zähne plagen ihn seit Jahren.

Noch trägt er ein Provisorium, bis die Implantate, die man ihm gesetzt hat, eingewachsen sind. Er ist im Moment froh, wenn er nicht sprechen muss, an ein Steak, auf das er Heißhunger hat, ist nicht zu denken, nur an Süppchen. Er wird jetzt mit dem Bus drei Stationen zum Antonius-Krankenhaus fahren, wo seit fast einem halben Jahr auf Station 1 im ersten Stock der Junge liegt, immer noch, wer weiß, wie lange. Siegfried hofft, dass er dort nicht Ferdinand Maus antrifft, denn auf die Diskussionen mit ihm hat er überhaupt keine Lust. Er verlässt den Friedhof, kommt an den Kindergräbern mit den vielen Spielzeugen vorbei und denkt zum ersten Mal daran, dass Benny vielleicht nicht mehr aufwachen könnte. Was weiß man denn?

47

Heute hat Frau Körner ihrem Enkel *Pinocchio* vorgelesen. Das war ihr Lieblingsbuch, als sie klein war. Sie liest ihm oft vor, fast jeden Tag. Bücher, manchmal aus einer Illustrierten. Auch aus der Bibel hat sie ihm vorgelesen. Aber es ist so furchtbar. Sie weiß überhaupt nicht, ob er etwas davon versteht. Kein Zeichen. Manchmal denkt sie, er ist schon tot. Dann sieht sie die offenen Augen, deren Pupillen sich bewegen. Ob er sie sieht und erkennt? Manchmal bewegt er eine Hand. Das sind, sagt der Doktor, unkontrollierte Reflexe. Sie bedeuten nicht, dass er auf etwas von außen reagiert. Die Mitschüler und die Jungs aus dem Sportverein kommen schon lange nicht mehr. Für die ist er schon tot. Bei dem Jungen nebenan kommt auch immer seltener wer. Der liegt jetzt schon ein halbes Jahr da. Im Februar haben sie ihn gebracht. Jetzt ist August, da sind die Leute im Urlaub, und die Kinder haben Ferien und gehen lieber ins Schwimmbad. Ab und zu geht sie auch zu ihm, nimmt seine Hand, erzählt ihm von ihrem Jungen. Manchmal kommt der Großvater des Jungen. Dann streitet er mit dem Doktor. Der läuft schon weg, wenn er ihn nur sieht. Die meiste Zeit telefoniert er. Er heißt Maus. Die haben diese Sanitärfirma in der Stadt. Ein vielbeschäftigter Mann. Die eigentlichen Eltern kommen kaum. Die Mutter war neulich mal da. Sie sagen sich, wir können ja nichts machen, was sollen wir hier herumsitzen, dazu haben wir keine Zeit. Na ja, kann man ja verstehen, sie haben ihre Arbeit. Sie hat ja nichts anderes zu tun. Sie würde auch nachts hier sitzen. Aber das erlauben sie nicht. Sie hat solche Angst, dass der Junge aufwacht, und sie ist nicht da. Ihr Mann lacht darüber. »Glaubst du, der erkennt dich, wenn er aus so einem Koma aufwacht? Niemals.«

Die kleine Türkin kommt oft. Ist wohl die Freundin des Jungen. Ein liebes Mädchen. Die erzählt dem Jungen lauter lustige Sachen von der Schule, von Partys und so.

Heute hat sie überlegt, ob sie zu einem bestimmten heiligen für ihren Jungen beten könnte. Jetzt betet sie zum heiligen Antonius, weil der verlorene Sachen zurückbringt. Ihr Junge hat das Bewusstsein verloren, und der heilige Antonius soll es ihm zurückbringen. Ihrem Mann erzählt sie das nicht. Der lacht sie nur aus, weil er vom Beten gar nichts hält.

48 »Sehen Sie, Hochwürden, der Herrgott straft nicht nur so eine unchristliche Kreatur wie mich, sondern auch einen Diener Gottes wie Sie«, sagt Else zum alten pensionierten Pfarrer, der wie sie im Rollstuhl sitzt. Wie sie hat er ein Zimmer hier im Heim. Er ist über achtzig und wohnt seit mehr als zehn Jahren hier. Sonntags absolviert er in der Hauskapelle eine Messe, an der die meisten Heimbewohner wie auch Else eher aus Freundlichkeit als aus religiösen Motiven teilnehmen. Manche von ihnen hören sowieso nicht, was er sagt, sie kommen mit ihren Hörgeräten nicht zurecht, und er, der Hochwürden, nuschelt und muss immer wieder sein Gebiss festsaugen, was seiner Predigt etwas Komisches verleiht.

Jetzt sitzt Else mit dem Hochwürden draußen im schattigen Garten und betrachtet die blühenden Sommerstauden in den gepflegten Beeten.

»Der Herr gibt uns unsere Aufgaben zur Buße für unsere Sünden.«

»Ich habe keine Sünden.«

»Mancher, so auch ich, büßt für die Sünden anderer. Büßen müssen wir alle.«

»Wieso das denn, Hochwürden?«

»Es liegt alles im Ermessen des Herrn, Frau Else.«

»Auch, dass ein Sechzehnjähriger wie mein Enkel im Koma liegen muss und nicht leben und nicht sterben kann?«

»Auch das. Die Wege des Herrn sind unergründlich.«

»Das glaube ich auch.«

»Es ist so, Frau Else.«

»Ja, leider.«

Else liebt es, den alten Herrn Hochwürden, der so etwas wie die graue Eminenz im Heim darstellt, zu provozieren. Seine Antworten auf ihre Fragen sind meist schlicht und zeugen

von einer fortgeschrittenen Vertrotteltheit. Aber man liebt ihn hier, hofiert ihn etwas, was er sich gerne gefallen lässt, ein Hahn im Korb, allerdings schon ziemlich zerrupft.
Als Else ihn neulich fragte, ob der Zölibat mit der Pensionierung des Priesters beendet gewesen sei, beschimpfte er sie als gottlose Person, rollte wütend davon und sprach drei Tage nicht mit ihr.
Seit vier Wochen ist sie jetzt hier im Sonnenhof. Ferdinand wollte bis zuletzt ihre Entscheidung nicht wahrhaben. Er schimpfte, wetterte, schaltete dann um auf sanft, sagte, er werde alles Erdenkliche für sie tun, wenn sie nur zu Hause bliebe. Doch sie blieb standhaft, auch, weil sie spürte, dass es Ferdinand hauptsächlich darum ging, wie es vor den Leuten aussehen würde, wenn er seine kranke Frau ins Heim abschiebe. Jetzt, da ist sich Else sicher, genießt er es, sich nicht mehr kümmern und kein schlechtes Gewissen haben zu müssen. Jetzt kommt er ab und zu vorbei, gibt den Fröhlichen, den Gutgelaunten und tut gerade so, als sei es seine Idee gewesen, als sei es nur durch seine Beziehungen überhaupt möglich gewesen, einen Platz zu bekommen.
Sie hat ein geräumiges Zimmer mit einem kleinen Balkon, den sie, wie überhaupt alles in diesem Haus, bequem mit dem Rollstuhl erreichen kann. Sie kann auf ihrem Zimmer fernsehen oder in einem Gemeinschaftsraum, sie kann sich das Essen bringen lassen oder in den Speisesaal rollen. Sie kann durch den weitläufigen parkähnlichen Garten fahren. Und mit Hilfe des Personals kann sie schwimmen, was ihrem Körper besonders guttut. Da fühlt sie sich so leicht wie eine Feder, da ist sie ein Fisch. Es geht ihr den Umständen ihrer Krankheit entsprechend gut, und das sagt sie allen. Trotz der Behinderung, der Schmerzen, der nicht aufzuhaltenden Verschlimmerung ihres Zustandes sieht sie wieder einen Sinn

im Leben. Zu Hause, vor dem Fernseher den ganzen Tag allein, hatte sie oft Selbstmordgedanken, wollte nicht mehr leben und dem Verfall des Körpers zusehen. Jetzt hat sie sogar das Gefühl, dass es einen gewissen Stillstand in ihrer Krankheit gibt, dass sie sich nicht in dem Maße verschlimmert, wie das vorher der Fall war. Das Heim ist hell, das Personal ist freundlich, die Insassen sind bei allen Eigenheiten und krankheits- und behinderungsbedingten Defiziten eine gute Gemeinschaft. Einmal in der Woche werden alle, auch die Rollstuhlfahrer, in einen Bus gebracht, und man macht einen Ausflug. Sie waren im Zoo, in einem Ausflugslokal auf dem Land und in einem Zirkus. Und vor ein paar Tagen hat der Busfahrer Else zum Krankenhaus gefahren, wo sie zum ersten Mal Benny hinter der Scheibe liegen sah. Sechs Monate liegt er nun schon, und es hat sich nichts verändert. Sie durfte zu ihm, sie hielt seine Hand und erzählte ihm von ihrem neuen Leben, und sie sagte, dass sie hoffe, es möge auch für ihn einmal ein neues Leben geben. Verzagt saß sie am Abend in ihrem Zimmer und dachte, was wohl werden wird, wenn Benny aufwacht und behindert ist, vielleicht wie sie im Rollstuhl sitzt. Ferdinand, Andreas, Sabine, Ines, Michael, Seidels, keiner von denen wird sich des Jungen annehmen. Sie wird sich kümmern müssen, ihn vielleicht hierherholen, wenn das geht. Der Gedanke, dass ausgerechnet sie es sein könnte, die für Benny da sein wird, gefällt ihr.

»Legen Sie doch mal bei Ihrem Chef da oben ein gutes Wort ein für meinen Enkel, Hochwürden.«

»Morgen bete ich für ihn.«

»Warum nicht heute, Hochwürden?«

»Heute habe ich schon anderweitige Aufträge.«

49 »Wenn du gehst, dann tu ich mir das nicht länger an, dann ist hier Sense, dann hast du einen traditionsreichen Familienbetrieb auf dem Gewissen. Dann wird hier dichtgemacht. Dann gehe ich mit Mutter nach Mallorca. Ich reiße mir hier nicht den Arsch auf, wenn ich in zehn, fünfzehn Jahren keinen Nachfolger habe. Wenn du mit deiner Entscheidung leben kannst, bitte schön, dann geh.«

Damals, vor siebzehn Jahren, hat ihn der Vater erpresst. Dass Michael die Firma weder übernehmen konnte noch wollte, war nach seiner mühsamen Absolvierung einer Lehre jedem klar. Andreas hatte zwar auch eine Lehre in der Firma gemacht, danach aber BWL studiert und war drauf und dran, für eine große Firma nach Amerika zu gehen, war aber mit seiner Qualifikation der einzige, der die Firma Maus und ihre Familientradition weiterführen konnte.

Nun geschahen zu der Zeit ein paar Dinge, die die radikale Forderung des Vaters weniger als Erpressung denn als Chance für den Sohn darstellten. Das Amerika-Angebot erwies sich doch eher als eine unsichere, um nicht zu sagen zwielichtige Angelegenheit, und Andreas, der lange vergeblich hinter Ines her gewesen war, verliebte sich.

Sonja, Tochter eines Lokalpolitikers, gelernte Buchhalterin, gerade von einem Amerikaaufenthalt zurück und voller Skepsis gegenüber den Vereinigten Staaten, war die Auserwählte. Sie machte Andreas Mut, stieg mit in die Firma ein, übernahm die Buchhaltung, war schnell die auch von Ferdinand anerkannte Seele des Betriebs. Während Michael in der flüchtigen Society zwischen St. Moritz und Sylt mühsam um Anerkennung rang, packten Sonja und Andreas an. Dass Michael aus der Firma komplett rausgehalten wurde und dass er alleine das Sagen hatte, zwang Andreas seinem Vater ab. Maus & Söhne, wie es auf Wunsch von Ferdinand immer noch hieß, behauptete sich auf dem Markt, hatte aber auch Konkurrenz. Andreas expandierte, gliederte die Firma ins Industriegebiet aus, baute für sich und Sonja die alte Werkstatt und das Büro zu einer Wohnung um, stellte neue Leute an und wurde schnell Marktführer.

Als Andreas einen marode gewordenen Elektroinstallationsbetrieb kaufen konnte, hieß es nun nicht mehr nur »Maus bringt Wasser ins Haus!«, sondern »Maus bringt Wasser und Licht ins Haus«. Ferdinand war stolz auf den Sohn und genoss es, dass für ihn, den Patriarchen, genügend Glanz abfiel, denn nach außen konnte er immer noch den umsichtigen Unternehmer spielen, eine Rolle, die dem eher zurückhaltenden Andreas gar nicht gelegen hätte.

Das war damals.

Heute ist die Situation eine ganz andere. Sonja ist gegangen und damit der Gedanke an eine Familie, an Kinder, einen Nachfolger, endgültig erledigt. Sabine ist auf dem Sprung nach Berlin, Michael schwirrt in der Welt herum, Mutter Else ist im Heim. Im Haus vergnügt sich der Vater mit der bosnischen Putzfrau, und was aus Benny wird, weiß niemand. Ihn hatte sich Andreas einmal als Nachfolger gedacht, doch es war sehr schnell klar, dass der sich überhaupt nicht für den Betrieb interessierte. Er wollte studieren, Lehrer werden oder Journalist.

Die Umsätze der Firma stagnieren, Andreas hat alle Lust an der Arbeit verloren. Auf seinem Schreibtisch liegen zwei Angebote. Eines von einer überregionalen Firma, der Konkurrenz sozusagen, den Betrieb zu kaufen, ein anderes von einem ehemaligen Studienkollegen. Es betrifft einen interessanten Job in Kanada.

Andreas wird mit Ferdinand reden müssen. Sein Entschluss

steht fest. Er will weg, in ein anderes Land, Kanada, dahin wollte er schon vor fast zwanzig Jahren, jetzt könnte es so weit sein.
Armer Vater, denkt Andreas, aber ich muss es tun.

50

»Doch, doch, Siegfried, Else geht es glänzend dort. Sie hat alles, was sie braucht. Das hätten wir bei uns im Haus gar nicht leisten können. Ich habe ihr gleich gesagt, Else, mach das, geh da hin, das ist für dich das bessere Leben. Das Heim ist ja erstklassig geführt, da hab ich mich natürlich drüber informiert, der Chef des Ganzen ist ja bei uns im Golfclub, Schneider, Georg Schneider, feiner Mann, hat acht solche Heime, muss ein gutes Geschäft sein. Na ja, ist ja nicht ganz billig, man muss es sich leisten können. Können wir, Gott sei Dank. Doch, Siegfried, also ich muss sagen, da haben wir absolut die richtige Entscheidung getroffen.«
»Das ist ja schön, das zu hören. Es freut mich für Else.«
»Gestern noch habe ich zu Else gesagt – ich schau ja alle paar Tage, wenn ich den Jungen im Krankenhaus besuche, bei ihr vorbei. Dann esse ich mit ihr – man isst dort ausgezeichnet, da kannst du auch so hingehen –«
»Ja, wir waren dort, Elfriede und ich – als wir Else besuchten. Haben sehr gut gegessen.«
»Ach ja? Na, jedenfalls gestern hab ich noch zu ihr gesagt, Else, hab ich gesagt, warum haben wir das nicht schon vor Jahren gemacht? Ja, doch, das war eine gute Entscheidung. Übrigens – was machen denn deine Zähne?«

»Es wird, es wird. Die haben gute Arbeit geleistet. Sechs Implantate unten, vier oben. Müssen einwachsen. Das dauert natürlich. Aber in ein paar Wochen beiße ich in jeden Apfel.«

»Schön für dich. Also ich würde mir das nicht antun.«

»Musst du ja nicht. Sag mal, wie geht es dir denn so alleine im Haus?«

»Prima. Komme gut klar.«

»Sturmfreie Bude, was?«

»Oh, hör mir auf. Die Zeiten sind vorbei. Ich hab ja die kleine Bosnierin. Die putzt, kocht, macht alles.«

»Alles?«

»Jaja.«

Ferdinand grinst. Es gefällt ihm, dass sich Siegfried da Gedanken macht. Sollen sie nur alle wissen, dass er kein Mann von Traurigkeit ist. So lange es geht, das hat er sich immer vorgenommen, will er es machen. Zuletzt war er öfter im Puff. Hat einmal Andreas dort getroffen, was dann doch etwas peinlich war. Jetzt mit der Ivanca, das passt gut. Natürlich bezahlt er sie. Aber da er sich einreden kann, sie nur fürs Putzen und Kochen zu bezahlen, hat er ein gutes Gefühl. Soll ihn der Siegfried Seidel ruhig beneiden. Bei dem und seiner Elfriede geht sicher nichts mehr. Was helfen ihm da die neuen Zähne?

Ach, denkt Siegfried, der Ferdinand will mir einreden, dass das mit Else und dem Heim seine Idee war. Dabei hat sie erzählt, wie sehr er dagegen war. Und jetzt soll ich annehmen, dass er mit der Putzfrau was hat. So war er immer. Hat immer so Andeutungen von Weibergeschichten gemacht, dass man glauben sollte, er sei ein toller Hecht. Dabei ist das sicher alles Maulhurerei. Ob der überhaupt noch einen hochkriegt, da ist sich Siegfried nicht so sicher. Er selbst hat mit Elfriede noch ab und zu ein Schläfchen, wie sie das nennen. Nach längeren Durststrecken, die mit dem Klimakterium zu tun hatten, haben sie wieder zueinandergefunden. Aber er wird einen Teufel tun und Ferdinand das erzählen. Der denkt vermutlich, dass zwischen ihm und Elfriede nichts mehr läuft. Soll er das doch denken. Das, denkt Siegfried, ist doch der Unterschied zwischen uns beiden. Der macht was her, wo vermutlich gar nichts ist, ich mache nichts her mit dem, was ist.

»Jetzt sind es fast sieben Monate, und der Junge liegt da. Neulich habe ich mir diesen Doktor Werner vorgeknöpft. Sie können immer noch nichts sagen, man muss Geduld haben. Man soll sprechen zu dem Jungen. Das hab ich getan. Hab ihm alles Mögliche erzählt. Aber wenn du gar keine Reaktion spürst, dann gibst du irgendwann auf. Der Enkel von der guten Frau hier nebenan liegt jetzt schon fünfzehn Monate im Wachkoma – über ein Jahr. Und sie redet und redet, jeden Tag, für nichts. Keine Anzeichen von Verstehen. Es ist ein Elend.«

»Sag mal, Ferdinand, sollte der Benny – ich meine, man muss ja auch damit rechnen – wo sollte er denn, wenn er stirbt – begraben werden?«

»Was redest du vom Sterben. Der Junge lebt, und er wird eines Tages aufwachen und –«

»Aber Ferdinand, das weißt du doch auch, dass man mit allem rechnen muss, damit, dass er vielleicht behindert ist, und auch, dass er stirbt.«

»Wir haben seit Jahrzehnten am Ostfriedhof ein Familiengrab. Was soll also die Frage?«

»Der Ostfriedhof ist weit draußen, für uns und für euch umständlich zu erreichen. Zum Nordfriedhof, wo wir das Grab haben, sind es drei Busstationen für uns, vier für euch.«

»Ja und?«

»Der Junge könnte bei uns ins Grab.«
»Also erstens: Ich fahre nicht Bus, ich fahre Auto. Am Ostfriedhof kriegst du immer einen Parkplatz und hast nur wenige Schritte zum Verstorbenen. Am Nordfriedhof sind kaum Parkplätze, und man läuft ewig lang. Zweitens: Der Junge ist ein Maus, also kommt er auch ins Grab der Familie Maus.«
»Hast du vergessen, dass seine Mutter eine Seidel ist?«
»Lieber Siegfried Seidel, deine Tochter hat meinen Sohn böswillig verlassen.«
»Weil er ein Versager war und sie ständig betrogen hat.«
»Was weißt du denn davon! Sie ist gegangen, ohne auf den Jungen Rücksicht zu nehmen. Wir haben uns um ihn gekümmert, wir waren für ihn da wie liebende Eltern. Wenn er wählen könnte, glaubst du, er würde in euer Grab wollen? Nie und nimmer!«
»Er hätte damals genauso gut zu uns kommen können. Und dein Sohn hat sich um sein Kind weniger gekümmert als unsere Tochter.«
»Du kannst reden, was du willst, der Junge kommt in unser Grab. Und wenn dir der Weg dahin zu weit ist, dann kannst du die Besuche ja seinlassen. Der Junge kann auf deine Anwesenheit sicher verzichten.«
»Maus, das muss ich dir jetzt einmal ins Gesicht sagen: Du bist und bleibst ein Kotzbrocken.«
Siegfried steht auf und geht. Ferdinand schaut hinter ihm her und grinst.
»Arschloch.«
»Nanana«, sagt die strickende Frau Körner, die entsetzt den beiden zugehört hat, »noch lebt er doch.«
»So ist es, Frau Wörner.«

51

»Ich kann mein Glück nicht auf ihrem Unglück aufbauen«, sagte Rüdeger, packte seine Sachen, versuchte die wie gelähmt dasitzende Ines zu küssen und ging zu seiner Frau Dagmar zurück. Aus. Tagelang hörte Ines nichts von ihm, dann kamen kurze wehleidige Mails, die sie aber nicht beantwortete. Der Fall war für sie erledigt.

Sie hätte es sich, als sie Rüdegers Werben nachgab, eigentlich denken können, dass dieser Mann nicht frei war, sich innerlich nicht wirklich von seiner Frau gelöst hatte, auch wenn er das immer wieder behauptete.

Heute, fast ein Jahr später, nachdem er wieder gegangen ist, weiß sie, dass es damals falsch war, ihn in ihr Leben und ihre Wohnung zu lassen. Nicht, dass er nicht liebevoll und fürsorglich gewesen wäre, aber er hatte nicht die Rechnung mit seiner Ehefrau gemacht, die von Anfang an keine Zweifel daran ließ, dass sie diese Trennung nicht akzeptierte und bereit war, Rüdeger das Leben, wenn er es denn nicht mit ihr verbringen wollte, zur Hölle zu machen.

Zum ersten Mal brach es aus Ines heraus. Sie wehrte sich, beschimpfte ihn als Feigling und Schlappschwanz, der vor dieser Hexe von Gattin im Dreck krieche.

»Geh, ich will dich nicht mehr sehen, geh zu ihr, leck ihr die Füße und lass dich noch kleiner machen, als du sowieso schon bist. Mach eine Therapie, aber geh mir aus den Augen!«

Dann stellte sie ihm demonstrativ die beiden Koffer hin. Er wehrte sich, sprach von den Kindern, denen er das alles nicht antun könne, die einen Anspruch auf ihn hätten. Ach, das falle ihm jetzt nach einem Jahr plötzlich ein, dass er Verantwortung für die Kinder habe!

Als er die Felle davonschwimmen sieht, als er merkt, dass es Ines ernst ist, dass sie nicht mehr bereit ist, auf sein gelegent-

lich hervorgeholtes Gewinsel einzugehen, wird er frech. Während er seine Sachen in die Koffer wirft, wütend jetzt, sagt er, er habe eben ein Verantwortungsgefühl für seine Familie, was ihr ja völlig fehle, die sie aus reiner Bequemlichkeit ihr Kind einfach bei den Großeltern abgelegt habe und auch jetzt nur sporadisch zu Benny ins Krankenhaus gehe, was von Elternliebe nicht zeuge.
»Raus!«

52

»Vater, es ist an der Zeit!«
Solchermaßen theatralisch eröffnet Andreas ein von ihm eingefordertes Gespräch über seine und der Firma Zukunft. Sie sitzen im Büro von Andreas über den Werkstätten. Ferdinand kommt nicht mehr oft hierher. Jetzt sitzt er vor seinem Sohn wie ein Angestellter vor dem Chef. Die Situation behagt ihm nicht. Seit es vor kurzem Streit zwischen ihnen gab, ist die Stimmung angespannt. Es ging um die Berghütte und den fahrlässigerweise nicht eingebauten Abzug, wovon Andreas angeblich nichts wusste. Dass der Vater ausgerechnet Sorbiecki das erledigen hat lassen, brachte Andreas in Rage. Der sei doch ein Asi, eine Schwatztante. Man hätte das selbst diskret erledigen müssen.
»So, es ist an der Zeit. Was denn?«
Ferdinand ahnt natürlich, was ihm Andreas sagen will. Schon seit langem beobachtet er, dass der Sohn nur noch widerwillig die Firma führt. Seit Sonja ihn verlassen hat, ist er ein anderer Mensch, noch verschlossener und zurückgezogener,

oft unwirsch im Umgang mit den Angestellten, leicht gereizt, keinem Argument mehr zugänglich. Ferdinand ahnt, dass es mit Maus & Söhne bald zu Ende sein wird. Es schmerzt ihn, aber er hat sich innerlich schon damit abgefunden. Andreas kann ihn also nicht mehr überraschen.
»Vater, ich habe fast zwanzig Jahre meines Lebens für diese Firma geopfert. Ich habe es gerne getan und auch erfolgreich, das weißt du. Jetzt ist aber der Punkt gekommen, an dem ich dir sagen muss, für mich ist es mit Maus & Söhne zu Ende. Ich habe mir die Entscheidung nicht leicht gemacht. Aber sie ist endgültig. Ich will noch mal ein ganz anderes Leben haben.«
Ferdinand schaut in den Hof hinunter, wo Arbeiter gerade einen mit »Maus & Söhne« beschrifteten Transporter mit Rohren und Werkzeug beladen.
»Sag mal, hörst du mir überhaupt zu?«
»Aber natürlich.«
»Das wäre gut, denn ich muss dir ein paar Dinge sagen, die du bisher nicht wahrgenommen hast oder nicht wahrnehmen wolltest.«
»Nur zu.«
»Die Firma stagniert. Die Auftragslage geht seit einem Jahr zurück. Die Konkurrenz von Sanelektro ist spürbar. Wir müssten zum Jahresende die Hälfte der Leute entlassen.«
»Müssten?«
»Wenn wir weitermachen würden.«
Schweigen. Andreas schaut den Vater an, sucht nach irgendeiner Reaktion, findet aber nichts. Interessiert es ihn nicht mehr? Hat er schon abgeschlossen? Versteht er nicht, um was es geht? Ist das nicht mehr der Vater, der ihn vor fünfzehn Jahren regelrecht gezwungen hat, indem er die Ideale des Familienbetriebes hochgehalten hat? Geht es ihm vielleicht auch so, dass er das Interesse am alten Leben verloren

hat, seit er alleine im Haus lebt? Renne ich offene Türen ein?, fragt sich Andreas. Er geht in die Offensive.

»Es gibt drei Probleme. Erstens: Ich will nicht mehr, ich will mich verändern. Meine beschissene Familiensituation zwingt mich, an ein neues, anderes Leben zu denken. Zweitens: Würde ich jetzt weitermachen, wären wir in spätestens zwei Jahren reif für den Konkurs. Jetzt haben wir noch einen Marktwert. Wenn wir jetzt verkaufen, kommen wir noch gut aus der Sache raus und haben alle was davon.«

»Und das dritte Problem?«

»Selbst wenn wir weitermachen würden, im Kleinen, mit den Stammkunden und weniger Personal, wofür, für was für eine Zukunft? Es gibt keinen Nachfolger. Nach mir ist es aus. Meine letzte kleine Hoffnung war mal Benny – das hat sich sicher auch erledigt, wenn es überhaupt je eine Option war.«

»Hast du schon Kaufangebote?«

»Ja, ein sehr gutes.«

»Dann mach, was du für richtig hältst.«

»Ich will dich da nicht übergehen. Wir sollten uns das gemeinsam ansehen und besprechen.«

Ferdinand ist aufgestanden.

»Nein, mach bitte alleine den Totengräber.«

Er geht.

53 »Der Mann ist tot und hinterlässt eine Frau und vier kleine Kinder.«

»Dafür kann ich doch nichts«, sagt Michael trotzig, und er weiß in dem Moment, wie falsch das ist.

Der Polizeibeamte Kurt Buchner wird wütend.

»Ach, Sie fahren unter Alkoholeinfluss mit über hundert Sachen auf einer für fünfzig Stundenkilometer zugelassenen Wohnstraße, fahren einen Mann tot und können nichts dafür.«

»Ich hab den Mann nicht gesehen. Es hat geregnet.«

»Wir sind hier fertig. Sie sind erst einmal festgenommen. Was Sie und warum nicht dafür können, das können Sie morgen dem Haftrichter erzählen. Und über die hunderttausend Euro in Ihrem Auto werden Sie gegebenenfalls dem deutschen Zoll eine Auskunft geben müssen. Abführen, bitte.«

»Wenn du in der Schweiz bist, hol endlich das Geld ab. Das wird heiß«, hatte Andreas gesagt.

54 »Als ich von dir hörte, dass deine Tochter auf seinen Wunsch hin Anouschka heißt, war bei mir das Fass übergelaufen. Ich habe die Scheidung eingereicht. Jetzt lamentiert er und powert, ruft ständig an, schreibt wehleidige Mails. Nie hat er sich um die Kinder gekümmert, war als Vater kaum präsent, jetzt schickt er ihnen läppische Päckchen und instrumentalisiert sie gegen mich. Er ruft ständig an. Wenn ich drangehe, legt er auf, wenn er die Kinder erwischt, textet er sie zu. Euer Papa liebt euch, aber das darf er nicht, weil die böse Mama das verbietet. Anouschka hat er ein Handy geschenkt mit der Bemerkung ›dann können wir miteinander telefonieren, ohne dass deine Mama zuhört‹. Jonathan hat er ein Din-A4-Blatt geschickt, ein leeres Blatt. ›Wenn du dich da draufstellst, dann bist du ganz nah bei mir.‹ Der hat doch eine totale Meise. Und ich sage dir, das ist auch eine Form von Kindesmissbrauch, was der macht. Ich könnte ihn erwürgen. Dir muss ich sicher nicht sagen, wie beschissen man sich fühlt, wenn man sich eingestehen muss, dass man sich auf eine so windige Person jemals eingelassen hat.«

Sabine hat Anja angerufen, um ihr zu sagen, dass sie nach Berlin kommt. Sie haben in den letzten Wochen mehrfach telefoniert, sind vertrauter miteinander geworden. Sabine will sich um eine Stelle in Berlin bewerben. Eine Hilfsorganisation für Stalking-Opfer sucht eine qualifizierte Mitarbeiterin. Als Diplompsychologin könnte sie Chancen haben. Sie lässt Anouschka wieder bei Ines und fliegt.

»Du kannst natürlich bei uns wohnen«, hat Anja am Telefon gesagt. Aber das wollte Sabine dann doch nicht. Nicht in der Wohnung, in der er gelebt hat, in der es eine Anouschka gibt und einen Jonathan. Anja kann das nachvollziehen. Sie treffen sich in einem Lokal. Sabine erzählt von der neuen Stelle, die sie gerade bekommen hat. Es ist ein großer Schritt von der Headhunter-Agentur, bei der sie vor Anouschkas Geburt gearbeitet hat, zur Stalking-Opfer-Hilfe, einem gemeinnützigen Verein, bei dem sie halbtags als Beraterin arbeiten wird. Das Thema hat sie schon immer interessiert, denn es betrifft alle Gesellschaftsschichten, obwohl es den meisten Mitmenschen nur im Zusammenhang mit Prominenten bekannt ist. Die, sagt Sabine, machten nicht einmal ein Prozent aus. Stalking im Alltag, Frauen werden von Verehrern oder Exgeliebten drangsaliert, nächtliche Anrufer, Fluten von Post, der Stalker stundenlang vor der Haustür, die Angst des Opfers, das sich nicht mehr vor die Tür traut. Sabine erzählt engagiert. Sie freut sich auf die Arbeit und ist ganz froh, dass es eine Halbtagsstelle ist, denn so habe sie genug Zeit, Berlin kennenzulernen und sich um Anouschka zu kümmern, für die sie einen Kitaplatz suchen muss. Finanziell kann sie es sich ohnehin leisten, da sie ja an Maus & Söhne beteiligt ist, auch wenn die Firma verkauft werden wird.

»Hier, liebe Sabine, sitzt dein erster Fall. Was dieser Vater unserer Kinder macht, das ist doch nichts anderes als Stalking.«

»Ja natürlich, das sehe ich auch so. Der Verein arbeitet mit einer Anwältin zusammen, die sich der Fälle annimmt. Die werden wir einschalten, wenn es so weitergeht.«

»Dieses verdammte Arschloch –«

Anja lacht, leicht betrunken.

»Entschuldige, wenn ich über deinen Exgeliebten so rede.«

»Schon gut, du hast ja recht. Ich wünsche ihm alles Böse an den Hals.«

Sie betrinken sich, lachen viel, erzählen sich aus ihrem Leben vor Jürgen Feil, und sie beschließen, dass Sabine nun doch erst mal für die paar Tage bei Anja wohnt. Dann heißt es Wohnung suchen, Umzug arrangieren.

»Ich bin ja so gespannt auf deine Anouschka.«

»Sie ist supersüß, mein Sonnenschein. Ein durch und durch fröhliches Kind.«

»Schön – sag mal, was macht eigentlich dein Neffe?«

»Benny? Alles beim Alten. Keine Veränderung seit über einem halben Jahr. Ich gehe ab und zu hin, spreche zu ihm, halte seine Hand. Die Augen wandern, das Herz schlägt, aber er zeigt kein Erkennen, kein Verstehen. Ich fürchte das Schlimmste. Trotzdem, man darf ja nicht aufgeben. Und das ist das Problem. Die Besuche werden weniger. Jeder sagt, man kann ja nichts machen, warum soll ich da rumsitzen. Wir sind eine ziemlich zerrissene Familie. Lauter Egoisten – ja, auch ich mit meinem Wunsch, nach Berlin zu gehen –, jeder kocht sein Süppchen. Michael sitzt in Basel im Knast, wartet auf seinen Prozess, Andreas will nach Kanada, ich nach Berlin, mein Vater liebäugelt mit Mallorca. Ines hat Stress mit ihrem Rüdeger, den seine Frau nicht loslässt. Sie beneidet meinen Entschluss. Vielleicht kommt sie auch nach Berlin. Was aus dem Jungen wird, wenn er aufwacht, weiß niemand. Wenn er behindert ist, wird er bei meinem Vater nicht bleiben können, zumal der dann vielleicht schon über alle Berge ist. Meine Mutter, der es im Heim gutgeht, sagt, »dann kommt der Junge eben zu mir«.

55

Vor fünf Jahren verfügten Andreas und Michael jeder über hunderttausend Euro Schwarzgeld aus dem Verkauf eines geerbten Hauses. Ein Anlageberater machte ihnen den Kontakt zu einer Züricher Privatbank, wo sie das Geld anlegten, schwarz natürlich, die Zinsen nicht versteuernd. Aber jetzt, sagt Andreas, gibt es nur zwei Möglichkeiten: Selbstanzeige oder das Geld aus der Schweiz rausholen. Michael, der ohnehin gerade mal wieder nach St. Moritz wollte, hat sich für Letzteres entschieden. Er will ja noch was haben von dem Geld, was er damit machen wird, weiß er noch nicht – unter die Matratze legen und langsam auf den Kopf hauen oder so.

Nachdem er also in St. Moritz Freunde besucht hatte, fuhr er am nächsten Morgen nach Zürich.

Zürich, Sihlstrasse, ein altes Wohnhaus, ein Klingelschild »Rössli«. Mit dem Aufzug fährt er in den vierten Stock, wo sich hinter einer normalen Wohnungstür eine Bank versteckt. Die Banker sind froh, wenn ihre Kunden das Schwarzgeld abholen. Mit hunderttausend, in den sieben Taschen der Outdoorjacke verteilt, verlässt Michael die Bank, geht durch die Stadt zum Parkplatz. Ein geiles Gefühl ist das, denkt er, mit der ganzen Kohle am Körper, das fühlt sich an wie eine Panzerjacke. Im Auto auf dem Weg nach Basel fängt er an zu phantasieren. Jetzt einen Unfall haben, aus dem Auto springen, die Karre brennt mitsamt dem schönen Geld. Beat aus Basel ruft ihn an. Ob er nicht vorbeikommen wolle, Grillen, kleine Party, nette Leute. Er müsse rüber, sagt Michael, Beat wisse doch Bescheid. Er hat ihm ja schließlich den Tipp gegeben, in Basel-Stein, einem kleinen Grenzübergang, rüberzufahren. Aber, sagt Beat, das sei eh besser in der Nacht oder am ganz frühen Morgen, wenn der Übergang oft gar nicht besetzt ist oder die Zöllner zu faul sind rauszukommen. Michael fährt also zu ihm. Nette Leute, schöne Stimmung, Grillen im Garten, ein noch leidlich warmer Septemberabend. Natürlich trinkt er etwas. Nicht viel, ein paar Biere und Schnäpse. Gegen Mitternacht, die Party wird ohnehin durch einen Regenschauer jäh beendet, will er los. Er ist unruhig. Die Kohle brennt ihm unter den Nägeln, die muss rüber. Bleib da, sagt Beat, fahr im Morgengrauen, leg dich ein paar Stunden hin.

»Nein, ich fahre. Ich will es hinter mich bringen.«

Es ist dunkel, stockdunkel, es regnet. Die Navigation weiß den Weg. Michael muss plötzlich an Benny denken. Was wird aus ihm werden? Wie wird er sein, wenn er aufwacht? Die ganzen letzten Tage hat er nicht über ihn nachgedacht. Jetzt denkt er, dass es besser wäre, er stirbt, als dass er als geistig Behinderter weiterleben muss.

Noch zwei Kilometer, sagt die Navigation, eine freundliche Frauenstimme mit Schweizer Akzent. Das Handy klingelt, es ist Conny. Er geht nicht dran, die geht ihm in letzter Zeit auf den Geist. Sie klammert, das kann er nicht haben. Er muss sich jetzt konzentrieren. Es regnet stark. Die Scheibenwischer arbeiten auf höchster Stufe. Das irritiert. Eine langgezogene Kurve, Lichter kommen ihm entgegen, blenden ihn, er sieht ein schwaches rotes Licht wackelig vor sich, ganz nah, es kracht, er bremst, ein Fahrrad fällt auf seine Kühlerhaube und sackt zur Seite hin weg, er spürt ein Holpern, steht endlich, hat das Gefühl, dass er was überfahren hat.

»Der Mann ist tot und hinterlässt eine Frau und vier kleine Kinder«, sagt der Polizeibeamte Kurt Buchner ein paar Stunden später.

56

»Ach, Siegfried Seidel, ich war ja so verliebt in dich. Und du hast mich nicht beachtet.«

»Das hast du mich damals nicht spüren lassen. Ich war wahnsinnig in dich verliebt, heimlich, und ich habe mich nicht getraut. Du warst immer so unnahbar.«

»Das stimmt«, sagt Peter Meister, »ich hab mir den Arsch aufgerissen um sie und nie eine Chance gehabt.«

»So ist es, Peter«, sagt Veronika, »für dich hab ich mich auch nie interessiert.«

Gelächter.
»Aber den Siegfried habe ich geliebt – vergeblich. Kein Händchenhalten, kein Tanz, schon gar nicht ein Kuss. Ein sturer Holzklotz warst du.«
»Schüchtern war ich.«
»Bist du das immer noch?«
»Ja, schon.«
»Jetzt küss doch mal die alte Veronika, wenigstens einmal im Leben.«
Siegfried beugt sich über den Tisch und küsst sie auf den Mund. Beifall der Klassenkameraden, so weit sie noch zu dem Klassentreffen gekommen sind, fünfzig Jahre nach dem Abitur.
Klassentreffen!
Als völlig überraschend die Einladung kam, schloss Siegfried es erst einmal kategorisch aus, da hinzugehen. Sie hatten sich vor zwanzig Jahren zum dreißigsten Abiturjubiläum getroffen, und er sagte danach, nie mehr, das brauche ich nicht, dieses gegenseitige Belauern, wer hat was geschafft und wer nichts, wer hat Karriere gemacht, wer nicht, wer lebt in glücklichen Umständen, wer nicht. Damals haben sie über ihre erfolgreichen Kinder gesprochen, jetzt werden sie über die Enkel schwadronieren. Nein, das brauche ich nicht noch einmal, sagte sich Siegfried. Und Franz Schaller, der Zahnarzt, bestätigte ihn darin. Er sei froh, sagte er, wenn er die alle nicht als alte Säcke sehen müsse, ihm reiche es, in den Spiegel zu schauen, um sich mit Grausen abzuwenden. So pragmatisch war Franz immer.
Veronika war beim Dreißigjährigen nicht dabei. Sie hatte gerade das zweite Mal geheiratet, hieß es, und war nach Neuseeland gegangen, nicht auffindbar oder nicht interessiert, das wusste man nicht. Damals waren sie alle um die vierzig,

jetzt sind sie siebzig. Lehrerinnen und Lehrer im Ruhestand, pensionierte Beamte, Selbständige, die sich mehr oder weniger zur Ruhe gesetzt oder ihr Lebenswerk an die Kinder oder Enkel weitergegeben haben. Kann es sein, dachte Siegfried nach ein paar Tagen, dass die peinlichen Situationen von damals jetzt gar nicht mehr entstehen können, da man nichts mehr voreinander hermachen muss, da die Karrieren wie auch immer gelaufen und zu Ende sind? Kann es sein, dass sich bei dem einen oder anderen eine gewisse Altersweisheit eingestellt hat?

»Fahr hin«, sagte Elfriede, »ihr habt dreizehn Jahre eurer Jugend miteinander verbracht, es ist die letzte Chance, sie alle noch einmal zu sehen. Ich beneide dich, meine Klasse hat das nie hingekriegt, wir sind in alle Winde zerstreut, keiner weiß, wo sie leben, keiner ist da, der das organisieren könnte oder wollte. Mach das, fahr hin.«

Dann kam die Namensliste derer, die zugesagt haben, ein Dutzend von ehemals zweiundzwanzig Abiturienten. Vier waren verstorben, einige verschollen, nicht auffindbar, Frauen vornehmlich, wegen der neuen Namen. Siegfried kramte das Klassenfoto heraus, um noch einmal alle zu betrachten. Hagere Jungen in Anzügen mit Krawatten, schüchterne Mädchen in schlichten Kleidern. Eine sticht aus allen heraus, ist mondän, strahlt Fröhlichkeit aus, scheint mit dem Fotografen zu flirten, Veronika Sanders.

Siegfried würde lügen, wenn er behauptete, dass ihr Name auf der Liste seine Entscheidung, doch zum Treffen zu fahren, nicht beeinflusst hätte. Veronika de Vries, geborene Sanders, aus München.

Siegfried fuhr also hin.

Oktober. Klassentreffen im Nebenzimmer eines Brauhauses. Es ist verrückt, denkt Siegfried, ich bin verliebt. Veronika geht es genauso. Sie haben nur noch Augen füreinander. Der Alkohol des ganzen langen Tages verklärt manches und lässt bei Siegfried keine Schuldgefühle aufkommen. Die Lebensgeschichten der anderen, die Anekdoten aus der Schulzeit, das Lachen über Streiche, über diverse Lehrer, die wiederbelebten Scherze der Gymnasiumszeit, der Vortrag eines Mitschülers, der es nur zum Straßenmusikanten gebracht hat, das Filmen und Fotografieren, das Gedicht des ehemaligen Klassensprechers, das alles versinkt für die beiden wie eine Landschaft im Nebel.

»Liebe in den Zeiten der Cholera«, sagt Justus Schreiner, pensionierter Rektor und Deutschlehrer, ironisch. Doch keiner kann mit diesem Einwurf etwas anfangen.

Als die beiden schließlich in der Bar des Hotels, in dem sie wohnen, alleine sind, halten sie sich an den Händen, küssen sich und erzählen sich so viel von ihrem Leben, wie an einem Abend zwischen zwei Menschen, die fünfzig Jahre so unterschiedlich gelebt haben, Platz hat. Dann liegen sie zusammen, aneinandergekuschelt, friedlich, zwei betrunkene Herzen, ohne irgendeinen Zwang, sich etwas beweisen zu müssen. Erst am nächsten Morgen, ihre Körper haben sich gefunden, schlafen sie miteinander. Dann gehen sie durch die Kleinstadt, die, als sie Schüler waren, die ihre war.

»Wir schauen auf die Stadt, und die Stadt schaut auf uns«, sagt Veronika. In der Tat, zwei verliebte Siebzigjährige, die turtelnd durch die Stadt gehen, fallen auf. Sie finden Vertrautes wieder und erzählen sich Erlebnisse, die damit verbunden sind. Schließlich landen sie im »Schlangenweg«, stapfen durch das Herbstlaub. Eine Allee, fleckenweise von der Sonne beschienen. Der Schlangenweg, wo sich die Verliebten heimlich getroffen haben, damals.

»Nur wir nicht.«

»Aber jetzt.«
Sie küssen sich, sind verliebt und darüber verwundert, sie wollen nicht voneinander lassen. Sie gehen wieder ins Hotel, bleiben noch eine Nacht, was Siegfried in einem Telefonat mit Elfriede als Einladung eines Schulkameraden zu einer Party auf dessen Landgut erklärt. Er hat sie in den fünfundvierzig gemeinsamen Jahren nie betrogen und so belogen. Sie glaubt und vertraut ihm, das quält ihn, aber er kann nicht anders. Wo wird das hinführen? Er ist verzagt.
In der Nacht erzählt Veronika von ihrem Sohn aus erster Ehe, der zweiundvierzig ist, mit zwanzig einen schweren Autounfall hatte, zwei Jahre im Koma lag, schwerst geistig und körperlich behindert ist und in einem Heim in Oberbayern lebt. Siegfried erzählt von Benny, der jetzt acht Monate im Niemandsland zwischen Leben und Tod schwebt.

57

Was für ein Niedergang, denkt Frank Seidel.
Andreas Maus schmeißt hin, Maus & Söhne wird verkauft. Söhne! Der eine geht nach Kanada, wie es heißt, und der andere sitzt in der Schweiz im Knast. Mutter Else hat sich ins Heim verabschiedet, Tochter Sabine geht nach Berlin, und das geliebte Enkelkind liegt im Koma. Armer Ferdinand Maus. Ob er das verkraftet? Das ist das Ende einer Familiendynastie. Der Löwe hat ausgebrüllt.
Gerade hat Frank von Fritz Huschka von der Sanelektro, dem Marktführer in der Region, der die Mäuse längst überholt hat und für den er schon einige Protokollierungen durchgezogen

hat, einen Anruf bekommen, ob er den Kauf von Maus & Söhne beurkunden wolle, schließlich gebe es da doch verwandtschaftliche Beziehungen. Die, sagte Frank, könnten eventuell ein Problem sein, aber er solle es denen doch mal vorschlagen. Zehn Minuten später Anruf Huschka: »Nur über meine Leiche«, habe Andreas Maus gesagt. Ob der doch von der Geschichte zwischen Sonja und ihm was spitzbekommen hat? Egal, denkt er, kein Problem.

Ein Problem hat er allerdings, das ihn ziemlich an den Rand der Verzweiflung bringt.

Mit Tabea geht das jetzt schon über ein halbes Jahr. Er hat ja damals nicht im entferntesten daran gedacht, dass das über ein paar Tage oder Wochen dauern könnte. Er war schon ein paar Mal nahe dran, es zu beenden. Ihm ging dieses ewige Engagiert-Tun und Untätig-Herumhängen auf den Geist. Irgendwann kam er sich in ihren Kreisen wie der Opa vor, der Spießer, der mal mitkiffen will. Viel unausgegorener Kinderkram. Als es ihnen tatsächlich gelungen war, dass die Stadt das Gelände mit dem Jugendzentrum zurückgekauft hat und damit das Zentrum erhalten blieb, war bei Frank die Luft raus, was das Demonstrieren und Kämpfen betraf. Aber Tabea hing an ihm, tauchte immer wieder auf, und er verfiel ihrem jungen Körper, ihrer Unkompliziertheit. Als sie nach drei Monaten aus ihrer Wohngemeinschaft ausziehen und zu ihm ziehen wollte, lehnte er dieses Ansinnen ab, so geschickt er konnte.

»Ich bin nicht«, sagte er, »der Mensch für paarweises Zusammenleben. Ich war es nie und will es auch nicht werden. Ich brauche meinen Freiraum, meine Wohnung für mich.«

Erst war Tabea enttäuscht, und er dachte schon, das war's. Doch jetzt – vor einer Woche – kam sie zu ihm und sagte lapidar, wie man sagt, »ich gehe schnell noch was einkaufen«:

»Ich bin schwanger.«
Er war ziemlich geplättet, erst sprachlos, dann sauer. Er fühlte sich hintergangen und schlug ihr eine Abtreibung vor. Das lehnte sie ab sie will es bekommen, sagte sie sehr entschieden, ein Kind gebe ihrem unsteten Leben einen ganz neuen Sinn.
»Ich bekomme das Kind, egal, was du sagst und tust. Wenn du zu feige bist, dazu zu stehen, dann verpiss dich aus meinem Leben.«
»Tabea, nein, lass uns doch vernünftig reden.«
»Abtreiben ist nicht vernünftig.«

58

Meine liebe Elfriede,
ich weiß gar nicht, wie ich es Dir sagen soll, sagen kann. Ich sage, schreibe es ganz direkt: Ich habe die Liebe meines Lebens wiedergefunden. Du wirst das, nein, Du kannst das sicher nicht verstehen, und ich kann Dich nur um Verzeihung, um Verständnis bitten. Wir, Du und ich, haben viele gute Jahre miteinander gehabt. Wir haben uns geliebt, wir sind eine wunderbare Familie geworden, haben drei Kinder großgezogen, auf die wir stolz sein können. Und, ja, wir wollten ein Leben lang zusammenbleiben. Ich wollte das auch und immer, aber jetzt ist mit mir etwas passiert, was ich selbst nicht für möglich gehalten habe. Ich habe eine alte Liebe wiedergefunden, eine Liebe, die es schon vor Dir gab, die nie für uns eine Rolle gespielt hat, aber tief in meinem Herzen als eine kleine Flamme immer brannte und mich, meine

Gefühle, jetzt aufgewühlt hat. Ich hatte mir nicht vorstellen können, dass ich Dir einmal so weh tun würde. Ich war Dir die ganzen Jahre treu, das weißt Du. Du kannst und wirst mich jetzt verurteilen, ein Schwein nennen, das sich egoistisch aus dem Staub macht, mich hassen. Ich kann Dir nur sagen, ich kann nicht anders, ich will und muss das leben, was da in so späten Jahren auf mich hereingebrochen ist. Ich weiß nicht, was ich Dir noch sagen kann. Bitte verurteile mich nicht und denke daran, dass das, was da passiert ist, passieren kann. Ich habe Dich immer geliebt, Du hast an alldem keine Schuld, Du warst mir immer eine wunderbare Frau. Gerade darum schmerzt mich das alles so. Was daraus wird, was mit uns allen wird, ich weiß es nicht. Gib mir Zeit – ich melde mich wieder. Sei lieb gegrüßt von Deinem Siegfried.

59

»WIEDER EIN FAMILIENBETRIEB AM ENDE – Die Traditionsfirma Maus & Söhne, seit sechzig Jahren Familienbetrieb, geht in den Besitz der Sanelektro AG über. Die achtzehn Mitarbeiter werden von der Sanelektro übernommen. Über den Kaufpreis wurde Stillschweigen vereinbart. Der Geschäftsführer Andreas Maus verlässt das Unternehmen.«

So klein, so unauffällig, am Rande größerer Wirtschaftsnachrichten, steht es in der Lokalzeitung vom 3. November.

Andreas ist zufrieden. Der Verkauf ist reibungslos über die Bühne gegangen. Ferdinand hat sich rausgehalten, und das war gut so. Andreas hat das Geld gerecht aufgeteilt. Mit Sabine hat er ein Sonderkonto eröffnet, auf dem Bennys Anteil liegt. Sabine wird das Konto verwalten. Jetzt, so sagt sich Andreas, hat er hier seine Schuldigkeit getan. Einmal muss er noch in die Schweiz, sein Schwarzgeld holen und Michael besuchen. Danach, am dritten Januar, fliegt er nach Ottawa. Roland erwartet ihn.

Roland, ein Studienkollege, ist vor zehn Jahren nach Kanada ausgewandert und hat dort mit großem Erfolg ein Immobilienimperium aufgebaut. Andreas schrieb ihm neulich mal wieder eine Mail: »Lieber Roland, bin diese Familie leid, diese Firma, diese Stadt, Deutschland, Europa, alles. Such mir einen Job und ich komme.«

»Du bist jederzeit willkommen – Job bei mir gesichert!«

Dann haben sie mehrfach telefoniert. Andreas wird sich in Rolands Imperium um die Logistik der Instandhaltungsaufgaben der Immobilien kümmern. Eine neue Perspektive, ein neuer Kontinent, ein neues Land, neue Aufgaben, neue Menschen, ein neues Leben.

»Kanada, ich komme!«

60

»›Deinem‹ hätte er sich sparen können«, sagt Ines wütend, als sie den Brief gelesen hat. »Und was heißt ›Du hast an alldem keine Schuld‹? Wär ja noch schöner!«

Elfriede hat sich erst einmal zwei Tage alleine dem Brief ausgeliefert. Immer wieder hat sie ihn gelesen, Siegfrieds schöne Schrift. An Zeiten hat sie sich erinnert, da sie mit dieser Schrift Liebesbezeugungen bekommen hat, wenn er auf

Dienstreisen war, auf witzigen Postkarten, auf Bierdeckeln und Speisekarten, auf Blättern der Blöcke der Hotels, in denen er wohnte. Und jetzt das. Sie ist aus allen Wolken gefallen und versteht die Welt nicht mehr. Sie hat geweint, bis keine Tränen mehr kamen. Sie hat Schuld bei sich gesucht, aber nicht gefunden. Es war doch alles so gut mit ihnen. Sogar Sex hatten sie wieder häufiger, nachdem sich das Klimakterium aus ihrem Körper verabschiedet hatte, schöne, geduldige ruhige Schläfchen, wie er es immer nannte. Nie war doch von irgendeiner früheren Liebe die Rede. Vergeblich versucht sie ihn auf dem Handy anzurufen. Der Brief ist ohne Absender. Aufgegeben im Briefzentrum 80, also München. Das findet Elfriede im Internet. Sie schaut sich die auf seinem Schreibtisch liegende Liste mit den Namen der Klassenkameraden an. Zwei männliche Namen und ein weiblicher sind mit Münchner Adressen versehen. Veronika de Vries. Ist sie die große Liebe seines Lebens? Zweimal hat er angerufen und irgendetwas für sein Fernbleiben gelogen. Dann war drei Tage Sendepause, kein Zeichen, keine SMS, nichts. Dann kam der Brief, auf den sie nicht einmal antworten kann. Sie ruft die Nummer dieser Frau in München an. Automatenstimme: »Vorübergehend nicht erreichbar.« Ist das das Ende ihrer Ehe? Elfriede ist jetzt fünfundsechzig Jahre alt. Wird sie den Rest des Lebens alleine sein, kann sie das, will sie das, oder macht es Sinn, dieses Leben einfach zu beenden?

Dann vertraut sie sich Ines an, dann Thomas und Frank. Alle drei sind entsetzt, sprach- und ratlos, kaum in der Lage, die Mutter zu trösten. Ines hat Wut, schimpft auf den Vater. Thomas kann sich das Ganze einfach nicht vorstellen, denn so kennt er den Vater doch nicht. So was traut man einem Ferdinand Maus zu, aber doch nicht Siegfried Seidel. Frank philosophiert darüber, wie wenig man doch einen Menschen kenne, auch wenn man Jahrzehnte mit ihm lebe, denn in jedem Menschen gebe es diese geheime Ecke, die unberechenbare Verhaltensweisen zeige.

»Ich will ihn nicht mehr sehen. Ich werde mich scheiden lassen.«

Elfriede sagt das zornig und entschieden. Die Kinder raten zur Geduld, geben zu bedenken, dass das doch eventuell nur eine kurze Sache sei, die der Vater da glaube tun zu müssen, eine Verwirrung oder Verirrung, eine Spinnerei, die sie doch gegebenenfalls verzeihen könnte. Frank wird am nächsten Wochenende am Rande eines Kongresses, den er in München besucht, die Spur dieser Frau aufnehmen, man habe ja schließlich diese Adresse. Vielleicht führt das ja zum Vater, wer weiß.

»Lasst es sein, Kinder, ich will ihn nicht mehr sehen. Dieses Kapitel ist beendet. Tut nichts, versucht nicht zu vermitteln. Es wäre zwecklos. Ich will nichts mehr von diesem Mann wissen. Das ist mein letztes Wort.« Sie zerreißt den Brief in tausend Stücke.

Keiner von den dreien traut sich noch etwas einzuwenden. Mutter hat gesprochen, basta.

»Ines, fährst du mich bitte zum Krankenhaus, Benny besuchen? Das ist doch das wahre Elend.«

61

»Alle verlassen das Schiff, nur der Kapitän bleibt an Bord.«

Ferdinand sagt das, theatralisch, wie es seine Art ist. Er ist mit Sabine zum Krankenhaus gefahren, ehe sie sich endgültig nach Berlin verabschiedet. Der Umzugswagen ist schon unterwegs, und in einer Stunde werden Sabine, Anouschka und Ines, die beim Umzug mithilft, im Auto auf die Reise gehen. Es ist ein Abschied, den Sabine klein halten will, schließlich sei man ja nicht aus der Welt. Ferdinand macht einen resignierten Eindruck.

Bei Benny ist überhaupt kein Fortschritt zu sehen. Neun Monate liegt er jetzt dort. Noch, aber auch längst nicht mehr so oft, hält Ferdinand die Stellung. Und er beklagt sich. Alle denken nur an sich, gehen ihrer Wege, kümmern sich nicht. Die Familie zerfällt. Langsam wolle er nun auch mal an sich denken. Es müsse ja nicht gleich die Radikalität sein, mit der Siegfried Seidel seine Familie auf Nimmerwiedersehen verlassen hat. Dafür habe er übrigens kein Verständnis. Das sei dann doch eine Schweinerei. Aber so habe er den Seidel immer eingeschätzt. Nach außen so redlich und moralisch – und dann das. Die arme Elfriede. Niemals hätte er Else das angetan. Im Gegenteil, obwohl sie jetzt im Heim ist, kümmert er sich um sie, besucht sie, liest ihr jeden Wunsch von den Lippen ab. Aber langsam müsse er sich auch einmal um sich kümmern, denn so gehe das mit seinem Leben nicht weiter.

Er redet und redet, und Sabine hört geduldig zu, glaubt, ihm das schuldig zu sein, da sie ihn sozusagen für immer verlässt. Er tut ihr leid. Der Glanz des Chefdarstellers ist verschwunden. Er ist ein alter Mann, der sein Äußeres vernachlässigt, der nur noch selten in die alte angeberische Diktion verfällt, der einsam ist.

»Papa, du solltest nach Mallorca gehen.«
»Das kann ich nicht. Der Junge hier, Else, ich habe doch eine Verantwortung für den kläglichen Rest dieser Familie.«
Sabine verabschiedet sich.

Ines fährt, Anouschka sitzt hinten angeschnallt im Kindersitz. Sabine schaut zum Fenster hinaus. Abgeerntete Felder, Novembernebel, eine Wiesenlandschaft verschleiernd. Sabine muss an Ferdinand denken. Noch nie kam er ihr so alt vor wie vorhin, dort im Krankenhaus. An das Elternhaus muss sie denken, in dem er jetzt alleine lebt, an die tapfere Else, die sie jetzt seltener sehen wird, an Michael, an Andreas, an Benny und ach, auch an Jürgen. Sie ist traurig, macht sich Vorwürfe, hat Angst vor dem neuen Leben, das da auf sie zukommt, weiß nicht, ob das alles richtig ist, was sie macht, ob sie diesen Schritt nicht noch bereuen wird. Ines spürt Sabines Stimmung, sie nimmt ihre Hand und drückt sie.
»Ich verrate dir ein Geheimnis«, sagt sie.
Dann erzählt sie Sabine, dass sie sich in letzter Zeit im Internet getummelt habe auf der Suche nach einem Laden in Berlin. Da sei sie auf die Anfrage einer Frau gekommen, die in Steglitz einen Geschenkartikelladen hat und eine Partnerin sucht. Mit der Frau habe sie mehrfach telefoniert, das klinge alles sehr gut, auch Fotos von sich und dem Laden habe die Frau, die Kerstin heißt, geschickt. Man treffe sich morgen. Und das Schärfste: Über dem Laden gebe es eine Zweizimmerwohnung, die man mieten kann.
Sabine ist völlig überrascht.
»Du willst auch nach Berlin!?«
»Ich lass dich doch in der Riesenstadt nicht allein.«
In einem Stau wundern sich einige Autofahrer über zwei Frauen, die bei offenen Fenstern laut singen: »Wir fahren

nach Berlin! Wir fahren nach Berlin! Denn da gehören wir hin!«

Einen Monat später wohnt Ines über dem Geschenkartikelladen »Stöberland«, in dem sie arbeitet.

62

Vermutlich hätte sich Frank zu diesem Kongress der Notarsvereinigung nicht angemeldet, wenn er nicht die Suche nach dem Vater damit hätte verbinden können. Er ist schon einen Tag früher angereist, in einem kleinen Hotel in der Münchner Innenstadt abgestiegen und hat sich auf den Weg gemacht. Was hat er in der Hand? Die Adresse einer Frau, Veronika de Vries, die eventuell die Geliebte des Vaters sein kann, aber nicht muss, denn es ist ja nicht sicher, dass diese wiedergefundene Liebe aus der Schulklasse stammt, zu deren Klassentreffen Siegfried Seidel gefahren ist, ohne zurückzukehren. Im Hinterhof eines alten Wohnhauses findet Frank ein Schild: ›Atelier de Vries‹. Ein Flachbau, große Fenster ohne Vorhänge, innen eine ältere Frau, über irgendwelche Zeichnungen gebeugt. Ein Klingelknopf, auf den Frank nach einigem Zögern drückt. Er sieht die Frau zur Tür gehen. Sie öffnet, fragt freundlich, um was es geht. Frank ist verwirrt, er stottert fast, was er bei sich gar nicht kennt, eloquent, wie er sonst zu sein pflegt. In der Tat, die Begegnung mit der Frau, die sein Vater vielleicht liebt, verwirrt ihn. Er suche Siegfried Seidel.

»Den haben Sie gefunden. Er ist oben in der Wohnung.« Während sie im Handy eine Nummer wählt, fragt sie:

»Sie sind sicher ein Sohn.« Sie lächelt dabei.

»Ja.«

»Das sieht man – Siegfried! – dein Sohn ist hier – ja, hier unten bei mir –«

»Frank«, sagt Frank.

»Dein Sohn Frank. – – – Gut – ja.« Sie steckt das Handy weg. »Er kommt runter. Wollen Sie nicht reinkommen, es ist doch kalt, ich –«

»Danke, nein.«

Sie lächelt, geht hinein, lässt die Tür offen, so dass er hineingehen könnte. Er zündet sich eine Zigarette an, aus Nervosität oder um zu demonstrieren, ich will ja rauchen und Ihnen da drin nicht die Luft verpesten, er weiß es nicht, geht auf und ab. Es beginnt zu schneien. Frank sieht seinen Vater im Atelier. Der sagt irgendetwas zu Veronika, küsst sie auf die Wange und kommt heraus.

»Hallo, Vater.«

»Frank – wie kommt das, wie –?«

»Ich habe morgen einen Kongress, da wollte ich mal nach dir schauen.«

»Lass uns drüben in das Café gehen.«

Sie gehen über den Hof.

»Auf Wiedersehn, Frank!«

Frank dreht sich um. In der Tür steht freundlich lächelnd Veronika und winkt.

63

»Also da ist ein Mädchen, Hazel, so mein Alter, und die hat Krebs gehabt, aber der ist weg, aber sie muss immer mit so einer Sauerstoffflasche rumrennen und mit einem Schlauch in der Nase. Die Mutter von der, die kapiert fast nichts. Die sagt immer, was Hazel alles für die Gesundheit tun soll, und Hazel sagt, ich bin doch sterbenskrank, warum soll ich was für die Gesundheit tun? Dann lernt sie einen Jungen kennen, Gus, dem sie wegen dem Krebs ein Bein abgenommen haben. In den verliebt sie sich, obwohl sie sagt, dass sie sich nicht verlieben will, damit keiner traurig ist, wenn sie stirbt. Gus ist ein kluger cooler Typ. Hazel hat ein Lieblingsbuch von einem holländischen Schriftsteller. Das Buch hat kein Ende – also man weiß nicht, wie es ausgeht. Darum will Hazel den Autor fragen, wie die Geschichte ausgeht. Gus fährt mit Hazel und der Mutter nach Amsterdam, und sie treffen den Autor, der ein fieser Idiot ist. Sie fahren wieder zurück nach Amerika, und dann wird es ganz traurig, dann – weil – aber das erzähl ich dir nicht – du musst dir den Film unbedingt anschauen, wenn du wieder gesund bist.«
Ayshe nimmt Bennys Hand, drückt sie, streichelt seine Wangen.
»Ich hab dich lieb. Und morgen hast du Geburtstag, und da kommen wir alle, die ganze Klasse. Da mischen wir das Krankenhaus auf. Wir machen so einen Lärm, dass du aufwachst. Versprochen.«

64 »Ich war fünfundvierzig Jahre lang ein guter, treuer Ehemann. Und ich war euch sicher kein schlechter Vater. Ich habe in jungen Jahren für diese Familie einige Träume geopfert. Du warst unterwegs, und ich musste die junge Familie ernähren. Aus war es mit Träumen vom Leben eines freischaffenden Architekten. Ich habe mich aber nie beklagt, auch wenn das Leben als Beamter nicht das war, was ich mir einmal in jungen Jahren vorgestellt hatte. Es war die Sicherheit für uns alle. Jetzt ist mir jemand aus meinem Leben vor euch begegnet, eine Liebe aus Jugendtagen. Ich will das leben. Ich weiß nicht, ob es von Dauer ist, und ich werde, wenn es ein Irrtum ist, nicht verlangen, dass mich eure Mutter wieder aufnimmt. Ich sitze hier und kann nicht anders, und ich bitte dich, wenn du es schon nicht verstehst, es wenigstens zu akzeptieren.«
Sie sitzen im Café. Draußen schneit es. Frank ist zutiefst verunsichert. Schon bereut er es, dieses Treffen herbeigeführt zu haben. Der Vater wirkt souverän, macht einen flotten Eindruck, ist bestimmt, freundlich, aber entschieden. Zaghaft spricht Frank von der Mutter und dem großen Leid, das ihr der Vater zugefügt habe. Ja, das wisse er, das sei ihm sehr bewusst. Mit dieser Schuld, die er dabei empfinde, müsse er leben, und man möge ihm glauben, dass das nicht leicht sei. Frank merkt, dass er emotional nicht weiterkommt, also verlegt er sich aufs Organisatorische, gibt quasi den Notar. Wie der Vater sich die Zukunft vorstelle, ob er in eine Scheidung einwillige, wie er die Mutter absichern wolle, ob er sich noch Sachen hole und ob er der Mutter die Wohnung grundbuchamtlich übertrage. Ob er sich einer Verantwortung gegenüber der Mutter bewusst sei.
Siegfried schweigt zunächst, lächelt dann.
»Hat dich deine Mutter beauftragt, das alles mit mir zu

klären? Bist du deswegen da? Hat sie dich geschickt, den Notar?«

»Ja – nein, nicht direkt. Aber mit der Scheidung ist es ihr ernst. Nimm bitte zur Kenntnis, dass sie nie mehr etwas mit dir zu tun haben will.«

»Und du und Ines und Thomas, wie ist es mit euch?«

»Wir sind entsetzt, verstehen das nicht, und wir müssen uns um Mutter kümmern, da du dich ja der Verantwortung entziehst.«

»Ja, es ist wohl so, dass ihr euch für eine Seite entscheiden müsst.«

»Nein, das nicht, aber –«

»Doch, doch. Es ist sicher auch richtig. Elfriede braucht euch jetzt. Ich kann nicht verlangen, dass ihr meine Haltung toleriert oder versteht oder akzeptiert. Das ist wohl nicht möglich. Damit muss ich leben. Ich komme mir vor wie der Mann, der alle Brücken hinter sich abgebrochen hat und in ein völlig neues Leben eingestiegen ist, ein Mann, der seine ganze siebzigjährige Vergangenheit ausgelöscht hat. Ich dachte, so weit würde es nicht kommen. Ich habe mich geirrt. Ich bin dieser Mann.«

Der Vater ist aufgestanden. Frank bleibt wie angewurzelt sitzen.

»Noch etwas, Frank: Du hast von Verantwortung gesprochen. Hast du dich nicht immer bei jeder Beziehung aus der Verantwortung gestohlen? Hast du je einmal für irgendjemand Verantwortung übernommen? Darüber denk nach, wenn du mich verurteilst. Leb wohl.«

Siegfried Seidel geht. Frank schaut hinter ihm her. Da geht er, aufrecht, ernst, entschieden. Das ist ein ganz anderer Vater als der, den ich kenne, denkt Frank. Und hat er nicht mit allem recht, was er über ihn gesagt hat? So entschieden hat er

noch nie für eine Liebe gekämpft. Und wie ist es denn mit seiner Verantwortung für die Frau, die jetzt ein Kind von ihm erwartet?
Er bleibt noch eine Weile im Café sitzen, schaut dem Vater durchs Fenster nach, bis er drüben im Hof verschwindet. Umgedreht hat er sich nicht. Ob es das letzte Mal gewesen ist, dass er seinen Vater gesehen hat?

65

Der Alkoholgehalt im Blut des Angeklagten Michael Maus sei, so das eidgenössische Gericht in Basel, nicht so hoch gewesen, dass es zu einer Strafmilderung beziehungsweise Schuldeinschränkung herangezogen werden könne. Maus wird wegen fahrlässiger Körperverletzung mit Todesfolge zu dreieinhalb Jahren Gefängnis verurteilt. Die Strafe kann wegen der Folgenschwere der Tat nicht zur Bewährung ausgesetzt werden. Wäre das Gericht der Staatsanwaltschaft gefolgt, die auf fahrlässige Tötung plädierte, wäre es zu einer wesentlich höheren Strafe gekommen. Der Umstand, dass das Opfer nicht unmittelbar am Unfallort, sondern erst im Krankentransporter verstorben ist, machte den Weg für das von der Verteidigung verlangte mildere Urteil frei. Das Gericht wird zu einem späteren Zeitpunkt über eine Auslieferung des Verurteilten an Deutschland bestimmen. Dort erwartet Michael Maus ein Verfahren wegen Steuerhinterziehung. Einen Auslieferungsantrag hat Deutschland noch nicht gestellt.

66 Täuscht er sich oder hat sie tatsächlich ihn angesehen, länger, als man jemanden ansieht, der da so alleine herumsteht? War das ein Erkennen, ein Dich-hab-ich-doch-schon-mal-Gesehen? Er ist sich sicher, dass er sie noch nie gesehen hat. Frank geht an die Bar, holt sich noch ein Bier. Die Tagung hat ihn ermüdet. Ein Vortrag nach dem anderen.
Ihm raucht der Kopf.
»Die Freizügigkeit der notariellen Urkunde – ihre Wirkung als Rechtstitel im Rechtsverkehr – de lege ferenda: Elektronische Signatur als Alternative zur eigenhändigen Unterschrift. Der archimedische Punkt: Einbettung der Wirkungen einer Notarurkunde in eine bestimmte Rechtsordnung. Erteilung von Erbscheinen durch Notare. Zuständigkeit der Notare für die besondere amtliche Verwahrung von Testamenten und für die Eröffnung der bei dem Notar verwahrten Verfügungen von Todes wegen. Elektronisch geführte zentrale Testamentsdatei. Exequaturerteilung durch die Notare anstelle der staatlichen Gerichte. Bedeutung des internationalen Privatrechts für die Gestaltung der Verfügungen von Todes wegen. Abschaffung des Exequaturerfordernisses?«
So ging das den ganzen Tag. Zu einigem hat er sich Notizen gemacht. Manches wird er in den gereichten Papieren oder im Internet nachlesen müssen. Einiges war ihm schon bekannt, musste aber aufgefrischt werden.
Und jetzt feiern die Notare und Juristen. Flotte Männer werben um kluge Frauen der Branche, es ist ein ziemliches Gegockel, denkt Frank, der selbst in dieser Hinsicht nie ein Kind von Traurigkeit war. Aber jetzt ist er müde. Er kennt hier niemanden, hat keine Lust, sich in herumstehende Gruppen zu begeben, will noch ein, zwei Biere trinken und dann ins Hotel. Und die Begegnung mit dem Vater steckt ihm in den Knochen. Was für eine Geschichte, was für ein Mut aber auch!

Da ist wieder die Frau. Da ist so ein Flackern in ihren Augen, so ein Ah-da-bist-du-ja-wieder. Sie wird gerade von einem Mann angesprochen, angegraben, denkt Frank und geht weiter. Nach dem nächsten Bier streift er wieder durch den Saal und gesteht sich ein, dass er jetzt nach ihr sucht, dass er ein Abenteuer in Betracht zieht. Warum auch nicht? Könnte es nicht sein, dass auch sie nichts anderes sucht als einen Flirt, ein schnelles Abenteuer, eine wilde Nacht, in der man sich nicht einmal die Namen sagt, eine Nacht ohne Morgen, eine Nacht, in der man sich irgendwann heimlich aus dem Staub macht, kein Name, keine Adresse, keine Telefonnummer? Ab und zu hatte Frank solche Abenteuer. Sie waren immer ein Betrug an einer Frau, mit der er gerade liiert war. So würde es jetzt auch sein. Er würde, wenn es sich ergäbe, Tabea jederzeit betrügen, die mit ihrem Fünfmonatsbauch zu Hause sitzt und schon dreimal auf seine Mailbox gesprochen hat. Er wird sie kurz zurückrufen, gleich. Da ist die Frau wieder. Er riecht sie, ehe er sie sieht, sie steht plötzlich hinter ihm. Er dreht sich zu ihr um, und es ist um ihn geschehen.

»Hallo.«

»Hallo.«

»Alexandra.«

»Frank.«

67

Er könne ihr gar nicht sagen, wie glücklich er darüber sei, dass sie es hier im Heim so gut getroffen habe, dass es ihr gutgehe, dass ihr Leben sozusagen geregelt sei und wieder einen Sinn habe. Da könne man ja auch mal sehen, was Beziehungen bedeuten. Wäre Georg Schneider, der Betreiber des Sonnenhofs, nicht im Golfclub und man kameradschaftlich, er könne fast sagen freundschaftlich verbunden, hätte das sicher nicht so schnell geklappt. Man müsse da oft Jahre auf einen Platz warten. Nun sei es ja alles zum Besten und er wolle nun auch mal an sich, seine Zukunft, seinen Rest des Lebens denken.

Es ist für Else kein Problem, Ferdinand in dem Glauben zu lassen, er habe ihre Aufnahme ins Heim organisiert und möglich gemacht. Er hat das so lange sich und anderen eingeredet, dass er es jetzt selber glaubt. Er braucht das, um sich kein schlechtes Gewissen machen zu müssen, das weiß sie. Er war immer der Weltmeister im Schönreden der Dinge. Von Benny hat er ihr erzählt, dass die Ärzte sagen, es könne sich nur noch um Wochen handeln, und selbstverständlich sei das Gehirn des Jungen nicht zerstört, er werde nach dem Aufwachen ganz normal weiterleben. Sie weiß, dass Ärzte das nicht sagen können, dass man mit dem Schlimmsten rechnen muss. Sie weiß das, so wie sie auch weiß, Andreas hat es ihr gesagt, dass Michael nicht nach Deutschland ausgeliefert werden wird und in der Schweiz seine Strafe absitzen muss. Ferdinand aber redet von seinem großartigen Anwalt Ganderath, der auch die Probleme des Golfclubs regelt, der versichert, dass er Michael da rausholen wird. ›Auf deinen Ferdinand kannst du dich verlassen, dein Ferdinand kümmert sich um alles, Ferdinand regelt dein Leben‹, so hat er sich ihr gegenüber immer dargestellt. Sie ist so sehr in ihrem neuen Leben angekommen, hat die Begleiterscheinungen ihrer Krankheit besser im

Griff denn je, macht sich aber nichts vor, was ihr Fortschreiten betrifft. Aber sie mag mit ihm, der auch nicht nachfragt, über ihre Belange nicht reden. Jetzt, da er ihr gegenübersitzt, sichtlich nervös, merkt sie, dass er ihr etwas mitteilen will, aber nicht weiß wie, sich noch nicht traut. Dabei ahnt sie ja, dass er sich allem entziehen will. Da gibt es schließlich diesen Freund Konrad auf Mallorca und diesen alten Traum von einem Leben dort, den sie ja mal gemeinsam geträumt haben.

Sie sitzen im Wintergarten der Cafeteria des Heims, und draußen fegt ein Novembersturm welke Blätter über den Innenhof.

Sie sitzt hier gerne, schaut den Vögeln und Eichhörnchen zu, trinkt Kaffee mit anderen Insassen, liest die Illustrierten. Fast vier Monate ist sie jetzt hier. Ja, es war die richtige Entscheidung, ihre Entscheidung, die Ferdinand zum Junggesellen gemacht hat. Es schmerzt sie, zu sehen, wie er nicht zurechtkommt mit dem neuen Leben alleine. Er scheint noch mehr als früher in Kneipen unterwegs zu sein, noch mehr zu trinken. Sein Auftreten ist, was sie früher nicht gestört oder nicht so wahrgenommen hat, meist albern, peinlich, zu laut, um nicht zu sagen läppisch. Er lässt sich gehen, hat niemanden mehr, der ihm sagt: Wechsle das Hemd und die Hose, wasch dich, mach was gegen deinen Mundgeruch, rasier dich mal wieder, geh zum Friseur, putz deine Schuhe. Seit die Firma verkauft ist, hat er keine Seniorchef-Funktion mehr. Er ist nicht mehr der stolze Unternehmer. Die Rolle, die er so beflissen gespielt hat, die ihm Andreas gerne überlassen hat, ist dahin. Da sitzt er jetzt, will ihr etwas sagen, druckst herum. Er ist für sie plötzlich ein alter Mann, und er riecht auch so. Die Besuche bei ihr werden weniger, sie haben sich nichts mehr zu sagen. Sie tauschen gerade einmal Informationen über das Befinden der Kinder aus.

»Du weißt ja, Else, dass ich immer für alle da bin, dass ich mich kümmere – um Benny, um dich. Und das versteht sich ja von selbst. Aber irgendwie ist das kein Leben, alleine im Haus. Ich werde mich verändern müssen, mir vielleicht eine kleine Wohnung nehmen, oder – na ja – wie soll ich das sagen –«
»Oder du gehst nach Mallorca.«
»Wie kommst du denn darauf?«
»Das wollten wir doch immer – im Alter nach Mallorca.«
»Ja, aber jetzt – jetzt, wo du hier im Heim bist.«
»Ja und? Ich bin doch bestens versorgt.«
»Ja, schon, aber vielleicht denkst du –«
»Ach, Ferdi, wir haben jetzt jeder sein Leben. Ich bleibe hier – und du gehst nach Mallorca –, das willst du doch.«
»Ja.«
»Also – du hast da deinen Freund Konrad, es ist wärmer als hier. Du kennst Leute, du hast dich doch da immer wohlgefühlt.«
»Der Flug dauert keine zwei Stunden – also wenn was ist mit dir, mit Benny – ich meine, ich wäre ja schnell da.«
»Mach das, Ferdinand, geh nach Mallorca. Auf mich musst du keine Rücksicht nehmen. Und seit unser Fahrer hier mich ab und zu zum Krankenhaus bringen kann, damit ich Benny besuche, musst du dir keine Gedanken machen. Mach es, es ist das Beste für dich, wirklich.«
»Ja, ich würde das gerne machen, ich – ich dachte, dass du dagegen bist, weil ich –«
»Ach, Maus!«
So hat sie ihn schon lange nicht mehr genannt. Das war früher, in schönen Momenten. Maus, Mausimann, Mäuserich, das waren ihre Kosenamen für ihn. Früher, ja, als sie die gemeinsame Idee hatten, im Alter nach Mallorca zu ziehen. Nach dem Ausbruch ihrer Krankheit war nie mehr die Rede

davon. Und er war auch nicht mehr Maus, Mausimann und Mäuserich.
Dass sie es ihm so leicht machen würde, hatte er nicht gedacht. Mit großen Zweifeln war er zu ihr gegangen, erwartend, dass sie ihm Verantwortungslosigkeit vorwerfen würde. Nichts davon. Fröhlich sagt sie: »Mach das doch, Maus.« Man könnte, denkt er, fast annehmen, dass sie froh ist, ihn in weiterer Ferne zu wissen.
Beschwingt, leichten Fußes eine Kneipe ansteuernd, verlässt er das Heim und bringt es sogar fertig, einer ansehnlichen Mittfünfzigerin ein fast schon flirtendes Lächeln abzutrotzen.

68

Jetzt stehen sie, die Mäntel geöffnet, aber nicht abgelegt, wie zwei Reisende in einem zu schlecht beheizten Wartesaal, auf den nächsten Zug wartend, in der überfüllten Bar und prosten sich zu.
Man kennt sie hier, winkt oder nickt ihr zu, grüßt sie, nimmt aber keinerlei Notiz von ihm. Vielleicht, denkt Frank, ist man es hier gewohnt, dass sie nachts fremde Männer anschleppt. Sofort aber schämt er sich für den Gedanken. Ob er auch Notar sei, wie alle diese Menschen da auf dem Fest, auf das sie zufällig geraten sei, weil sie eine Schulkollegin dort getroffen habe. Das seien ja alles ziemlich stumpfe, langweilige Menschen in BOSS-Anzügen, ob er denn auch so sei. Sie lacht dabei und zupft kurz an seiner Krawatte. Er öffnet sein Jackett und zeigt ihr das Emblem von BOSS. Sie lacht. Ein Barhocker wird frei. Er bietet ihn ihr an.

»Nein, setz du dich hin, dann können wir uns besser in die Augen schauen.«
Nicht nur die Enge verursacht es, dass sie jetzt sehr nahe bei ihm steht, zwischen seinen Beinen. Er genießt ihr kaum geschminktes Gesicht. Dunkle Augen, dicke, wirre Haare, in denen sie vergeblich mit den Händen herumordnet. Sie fallen doch, wie sie wollen, rahmen das Gesicht ein, verleihen ihm eine schöne Blässe. Und wie zierlich sie ist, denkt Frank. Sie rückt so nahe an ihn heran, dass er wieder ihren Geruch wahrnimmt. Während er denkt, dass sie jetzt eigentlich unverzüglich ineinander versinken müssten, zieht sie sich zurück, trinkt an ihrem Bier und fängt an, von sich zu erzählen. Schauspielerin oder Tänzerin habe sie werden wollen, aber früh erkannt, dass es zur großen Karriere nicht reichte. Jetzt habe sie hier in der Nähe einen Laden für Klamotten und Modeschmuck, verheiratet sei sie gewesen, ganz kurz. Ein Irrtum. Ihr Exmann sei immer noch ihr guter Freund.
»Seit wir nicht mehr verheiratet sind und getrennt leben, kommen wir gut miteinander aus. Jetzt schlafen wir sogar ab und zu miteinander. – Und du bist verheiratet, hast eine nette Frau, ein Haus und zwei Kinder und einen Labrador, stimmt's?«
»Nein.«
»Einen Retriever?«
»Nein, nichts davon.«
»Du lügst.«
Ohne eine Antwort abzuwarten, nimmt sie seinen Kopf in ihre warmen Hände und küsst ihn forsch und fordernd. Er gibt ihrem Fordern nach, zieht sie an sich, verliert seine Hände in ihrer endlosen Fülle von Haaren, zieht ihren Kopf auf seine Schulter und streichelt ihren Rücken.
Wie dünn sie ist, denkt Frank wieder, und als er ihre Schulter-

blätter fühlt, muss er an den Schulkameraden Lorenz denken, einen Angeber, der damals als dummer Junge Mädchen nach ihren Schulterblättern qualifizierte, als Frank noch Schmetterlinge auf Stecknadeln spießte und in einen Glaskasten legte.

Sie gehen wie selbstverständlich in sein Hotel.

Frank schließt die Tür, nimmt ihr den Mantel ab und hängt ihn und den seinen, dabei etwas Zeit gewinnend, auf Kleiderbügel. Sie orientiert sich kurz im Raum, gibt Frank einen nur angedeuteten Kuss und verschwindet im Bad. Er macht das kleine Licht über dem Bett an, zieht die Vorhänge zu, schafft mit ein paar fahrigen Handgriffen etwas Ordnung, nimmt seine Krawatte ab, lässt sich in einen der beiden tiefen Sessel fallen und hört auf die Geräusche im Bad. Freudige Erwartung lässt sein Herz klopfen, ihre unbekümmerte und unkomplizierte Art gefällt ihm. Sie kommt von der Toilette zurück, hat nur noch ein Hemdchen an, wirft ihre Kleider auf den anderen Sessel, kommt zu ihm, setzt sich auf seine Knie, küsst ihn, springt ins Bett und rollt sich wie ein Kind, das sich beim Spiel versteckt, aber entdeckt werden will, unter die Decke.

Frank ist froh, sich unbeobachtet ausziehen zu können. Er legt seine Kleidungsstücke sauber gefaltet auf den Sessel, wie er das immer tut, auch wenn er alleine ist. Das sind die drei Jahre Internat und die achtzehn Monate Bundeswehr in ihm. Nachdem er im Bad war, kriecht er zu ihr, legt sich eng an ihren schon warmen Rücken und verharrt so. Als sie sich beide aneinander gewärmt haben und schon beginnen, im gleichen Rhythmus zu atmen, dreht sie sich um und fällt über ihn her. Sie nimmt ihn sich. Er genießt die eigene Passivität. Das kennt er nicht. Immer war er es, der die Initiative ergriff, immer war ihm die Aufgabe zugefallen, zu geben, bei den zahl-

reichen Abenteuern und den wenigen, eher kurzfristigen Beziehungen, die er gewagt hat.
Dann rollt sie sich zur Seite und schläft ein.
Er liegt noch einige Zeit wach und hofft, dass sie am Morgen noch da ist.

69

»Na, Maus?«
»Nenn mich nicht Maus.«
»Auch mal wieder da?«
»Was soll die Frage? Natürlich bin ich da.«
»Ich hab dich schon länger nicht mehr hier gesehen.«
»Dann warst du wohl schon lang nicht mehr da.«
»Keine Veränderung, was?«
»Keine.«
»Neun Monate sind es jetzt. Ja, übermorgen werden es neun Monate. Ich weiß es ja genau, es war der sechzehnte Februar, als ich ihn gefunden habe. Was glaubst du, was wollte er da oben alleine?«
Thomas fragt das aus einem Hinterhalt heraus. Sie haben sich zufällig hier getroffen. Gegenseitige Freundlichkeiten zwischen ihnen sind nicht zu erwarten. Sie mögen sich nicht, mochten sich noch nie. Sie belauern sich.
»Was er da oben wollte, spielt doch keine Rolle.«
»Wusste er denn nicht, dass man die Tür aufmachen muss, wenn man dort duscht?«
»Was redest du für dummes Zeug, Seidel –«
»Nenn mich nicht Seidel.«

»Man muss die Tür nicht auflassen.«
»Nicht? Ich hab sie immer aufgelassen – darum lebe ich noch und liege nicht so da wie er.«
»Es ist da oben alles vorschriftsmäßig – da musst du dir keine blöden Gedanken machen.«
»Jaja, Adam Sobiecki hat gute Arbeit geleistet – fragt sich nur, wann.«
»Das ist Jahre her.«
»Ach, Ferdinand Maus!«
»Hör mal, ich lasse mir von dir nichts unterstellen. Ich verbitte mir das! Du musst hier nicht deine Zeit verplempern und dummes Zeug erzählen.«
Thomas steht auf.
»Okay, Maus. Aber eines sage ich dir: Wenn Benny nach einem Jahr – also am sechzehnten Februar – nicht aufgewacht ist und gesund ist, zeige ich die Sache an.«
Ferdinand antwortet nicht. Thomas geht.
Ferdinand nimmt sein Handy, wählt eine Nummer.
»Adam!? – Maus hier.«

70

Als Frank aus einem wohligen Schlaf aufwacht, ist sie weg. Er kommt langsam zu sich, steht auf, zieht die Vorhänge zurück, legt sich wieder hin. Draußen schneit es. Dicke Flocken. Er zieht noch mal die Decke über den Kopf. Erinnerung stellt sich ein. Er räkelt sich. Dann schaut er auf die Uhr. O Gott, er wollte doch früh losfahren. Egal, dann eben später. Noch etwas die Erinnerung an den gestrigen

Abend genießen. Er muss pinkeln, steht auf, etwas mühsam, und sieht auf seine ordentlich zusammengefaltete Unterhose gelegt einen Zettel: »Komm zum Frühstück, wenn du magst. Grillparzerstraße 7«.
Er geht aufs Klo, kommt zurück, liest wieder den Zettel, wirft sich rücklings aufs Bett und freut sich. Er sucht Reste ihres Geruchs an Laken und Kissen und seinem Körper, duscht, zieht sich an, lässt die Krawatte weg und fährt schon nach etwa zehn Minuten mit seinem Auto von der Navi-Frau gesteuert durch die sonntäglich ruhige, dick verschneite, schon weihnachtlich gestimmte Stadt.
Er findet die Straße, das Haus, parkt, steht schließlich vor einer Batterie von Klingelknöpfen, und es fällt ihm ein, dass er ihren Familiennamen gar nicht weiß. Was tun? Die gute Laune lässt ihn übermütig werden. Er klingelt einfach bei allen. Das reißt das Haus aus sonntagvormittäglichem Schlaf. Stimmen kommen aus der Gegensprechanlage, der Türöffner wird mehrfach und anhaltend gedrückt. Frank geht ins Haus. Im Parterre steht ein Mann in der Tür, der dem Boxerhund, der neugierig hinter ihm im Flur lauerte, nicht unähnlich ist. Frank setzt die höflichste seiner Mienen auf. Er suche eine junge Dame, Alexandra, er wisse schon, die mit dem Laden. »Ganz oben rechts«, sagt der Mann missmutig und schlägt die Tür zu. Frank hört ihn durch die Tür vor sich hin fluchen. Er geht die fünf Stockwerke hinauf, einen Aufzug gibt es nicht. Auf jeder Etage beruhigt er die an die Türen gekommenen Bewohner mit der Aussage, es gebe da einen Kurzschluss in der Klingelanlage, der aber morgen früh sofort behoben werde. Ob er von der Hausverwaltung sei, will eine alte Frau wissen. Er nickt. Wann denn endlich wegen der Mülltonnen etwas passiere?
»Das ist in Arbeit, gnädige Frau, ich schicke morgen unseren

Herrn Sittinger vorbei, der wird sich darum kümmern.« Die Frau ist zufrieden, der kläffende Pinscher auf ihrem Arm auch. Ein nettes Haus, denkt Frank, es gibt Tiere. Er kommt oben an und ist ziemlich aus der Puste. Er sollte wieder Sport machen, denkt er. Die Tür steht offen, er schaut auf das Schild. ›Müller‹. So einfach also. Er geht hinein, schließt die Tür, schaut sich um. Da ist sie. Sie trägt bunte Strumpfhosen, Wollsocken, ein kragenloses Herrenhemd, das über die Hosen hängt. Die Haare hat sie mit einer Schnur hinten zusammengebunden, und sie sieht süß aus. Sie kommt zu ihm, gibt ihm ein flüchtiges Küsschen, während sie alle zehn Sekunden ein leicht entnervtes »Ja« in ein drahtloses Telefon spricht. Sie bedeutete ihm, sich zu setzen oder sich umzusehen. Sie nimmt, während sie weiterhin das Telefon am Ohr hat, eine Tasse, gießt Tee ein, stellt die Tasse mit einem Stück Kuchen vor ihn hin. »Danke«, sagt er, erschrickt aber, weil er unverzüglich annimmt, dass sie vielleicht mit jemandem telefoniert, der nicht wissen darf, dass da ein Mann am Sonntagmorgen zu ihr kommt. Es scheint aber nicht so zu sein. Er geht in der Wohnung herum, schaut sich alles an und trinkt den wohltuenden Tee. Er hat eine solche Wohnung noch nie gesehen. Sie entführt ihn in eine andere Welt. Bilder, Fotos, Stoffreste, Bänder, Perlenketten, Regale voller Schachteln, Ständer mit Kleidern. Ein paar alte Möbel, eine Vitrine mit Kinderspielzeug aus Blech, ein Museum, ein Theaterfundus, er weiß nicht, was das ist, hat keine Vorstellung, dass man darin leben kann. Und doch wirkt das alles gemütlich. Sie verfolgt mit ernstem Blick, wie er staunt, und nur wenn sich ihre Blicke treffen, lächelt sie. Es ist wohl ein ernstes Gespräch, das sie da führt. Jetzt, nachdem sie jemand regelrecht zugetextet zu haben scheint, ist sie an der Reihe zu reden.

»Ich danke Ihnen sehr, Frau Rudolph. – – – Ja, ich nehme den nächsten Zug. – – – Sicher ist es das. Aber es ist nun mal so. – – – Ja, Sie wissen ja, wie das zwischen uns war. – – – Aber das ist doch selbstverständlich. – – – Ja, ich melde mich sofort bei Ihnen. Bitte? – – – Ja, da wäre ich Ihnen sehr dankbar. – – – Nein, ich möchte ihn nicht sehen. Sie verstehen? – – – Danke.«
Sie legt auf, verharrt für einen Moment nachdenklich, sieht Frank an der Tür stehen, auf dem Sprung, falls sie das wollte, sie mit dem Gespräch alleine zu lassen. Sie winkt, dass er dableiben soll.
»Schön, dass du gekommen bist.«
Dann weint sie.
»Was ist?«, fragt er ziemlich hilflos.
»Es war heute Morgen auf dem Anrufbeantworter. Mein Vater ist heute Nacht gestorben.«
Frank versucht so was wie eine Beileidserklärung. Sie misslingt. Er kann das nur mit Mandanten, die ihm im Hinblick auf Testamente den Tod eines Angehörigen mitteilen. Im Privaten ist er mit allem, was Krankheit und Tod bedeutet, stets hilflos. Es tue ihm leid. Sie bemerkt seine Unsicherheit, versteht sie, sagt sich, dass er ja nun in der Tat mit ihrem Vater nichts zu tun hat. Sie setzen sich an den Küchentisch, sie gießt wieder Tee ein, wischt sich ihre Tränen ab, schaut ihn an, sieht sein verzagtes, unsicheres Gesicht und lächelt.
»Ich habe nicht damit gerechnet, dass du kommst. Und ich kann dir gar nicht sagen, wie gut es mir tut, dass du jetzt da bist.«
Er antwortet nicht.
Aber sie habe gar nicht viel Zeit. Schade. Aber das verstehe er doch, dass sie da jetzt hin müsse. Sie habe nicht geweint, weil dieser Vater nun tot sei. Im Gegenteil. Sie habe sich diesen

Tod immer herbeigewünscht. Sie habe ihn gehasst und mit ihm seit dem Tod ihrer Mutter nichts mehr zu tun gehabt, ihr Elternhaus nicht mehr betreten. Sie habe geweint, weil sie solche Angst vor all dem habe, was da auf sie zukomme, da sie ja die einzige Angehörige sei. Es gebe sonst niemanden mehr. Wieder weint sie. Er tröstet sie, so gut er kann, sehr hilflos. Er streicht über ihren Kopf. Er ist einfach da, und es ist richtig so und gut. Und sie ist ihm so verblüffend vertraut, obwohl er sie doch überhaupt nicht kennt.

»Er ist in der Stunde gestorben, in der wir zusammen waren. Verrückt!«

Er hat ihr angeboten, sie zu fahren, da es für ihn nur einen kleinen Umweg bedeutet. Sie wollte es erst nicht annehmen, wollte keine solche Einlassung, wollte ihn nicht so in ihr Leben hineinziehen. Andrerseits tun ihr seine Anwesenheit gut und der praktische Sinn, den er unverzüglich entwickelt. Er scheint zu wissen, was nun beachtet und getan werden muss. Er ist so wohltuend klar, gerade in den Dingen, die ihr wie eine undurchdringliche schwarze Wand erscheinen, der sie jetzt in seinem Auto mit hoher Geschwindigkeit entgegenfahren. Sie sitzt neben ihm, ihren Kopf an seine Schulter gelehnt. Er würde gerne so manches fragen. Aber er fragt nicht, will sie nicht bedrängen, wird alles, was da jetzt auf ihn zukommt, abwarten. Er muss an seinen Vater denken, an Tabea. Alexandra schaut auf die vorbeifliegenden Wiesen und Felder hinaus und schweigt. Er wird sie dort hinfahren, zu ihrem Elternhaus, in dem der Vater alleine gelebt hat, das sie jetzt, wie sie sagt, verkaufen muss und ausräumen, was ihr ein Graus sei. Ob sie weiß oder ahnt, was da alles auf sie, die einzige Angehörige, zukommt? Er ahnt es, und er wird ihr helfen müssen.

»Mit wem hast du da telefoniert?«

»Eine Bekannte meines Vaters – keine Ahnung, ob seine Geliebte oder was weiß ich.«
Schweigen.
»Jetzt bin ich endlich Waisenkind.«

71

»Gefängnisordnung Bezirksgefängnis Sissach/Schweiz: Besuche sind möglich, wenn sie von der Verfahrensleitung bewilligt sind und den Betrieb nicht beeinträchtigen. Die Verfahrens- und Gefängnisleitung können auch besondere Bedingungen anordnen wie die Überwachung des Besuchs. Die Besuchenden müssen sich mit einem amtlichen Ausweis mit Foto ausweisen. Ihre Kleider und Taschen etc. können auf verbotene Gegenstände durchsucht werden. Es dürfen keine persönlichen Effekten in den Besucherraum mitgenommen werden. Persönliche Besuche erfolgen immer hinter Trennscheibe; Ausnahmen können nur bei ausserordentlichen Umständen und unter entsprechenden Sicherheitsvorkehren (ggf. einschliesslich körperlicher Durchsuchung von Gefangenen und Besuchern) in Betracht gezogen werden. Der Gefangene hat Anrecht auf einen Besuch pro Woche von der gleichen Person. Frühere Mitgefangene sind vom Besuchsrecht ausgeschlossen. Es besteht kein Anspruch auf ein Einzelbesuchszimmer. Wer versucht, unerlaubte Ware wie Drogen, Handy, Geld, alkoholische Getränke, gefährliche Gegenstände in das Gefängnis zu schleusen, wird zukünftig vom Besuch ausgeschlossen. Strafrechtliche Anzeigen bleiben vorbehalten.«

»Holt mich hier raus. Ich kann diese Sprache nicht mehr hören. Ich werde hier verrückt. Ich will nach Deutschland.«
Michael sitzt Andreas gegenüber, eine Scheibe zwischen ihnen. Michael macht kehlige Laute, die Schweizerdeutsch parodieren sollen. Andreas muss trotz der Situation lachen.
»Holt mich raus, bitte.«
»Wenn das so einfach wäre. Wir haben Dr. Ganderath eingeschaltet. Er hat gute Kontakte zur Schweiz. Aber er ist skeptisch. Die Schweiz, sagt er, wird sicher auf die Verbüßung von Zweidrittel der Haftstrafe bestehen, ehe sie ausliefert.«
»Ich will ja keine Auslieferung – eine Abschiebung tut es doch auch.«
»Wenn das so einfach wäre.«
»Sie haben mir mein Geld abgenommen.«
»Na klar, das haben schon die deutschen Steuerbehörden.«
»Scheiße«
»Ja, mein Lieber, da hast du Scheiße gebaut.«
»Sie versteigern mein Auto für einen guten Zweck, und ich habe die Verfahrenskosten am Hals.«
»Michael, so ist das eben, das sind hier die Gesetze. Du hast einen Menschen totgefahren, mein Gott! Es gibt Länder, da würden sie dich dafür hinrichten.«
»Toller Trost, Bruderherz. Wann gehst du nach Kanada?«
»Am dritten Januar geht mein Flug.«
»Wer kümmert sich eigentlich um Benny, wenn ihr alle abhaut – Vater nach Mallorca, Sabine und Ines nach Berlin, du nach Kanada?«
»Mutter lässt sich ab und zu hinfahren. Und Ayshe, sie ist, glaube ich, oft da.«
»Erzähl mir von Benny.«
Andreas seufzt.
Nach dem Besuch ist Andreas deprimiert. Da sitzt er nun drin,

die arme Sau, und man kann nichts für ihn tun. Der dumme Hund aber auch. Bekommt er jetzt seine Strafe für die Leichtfertigkeit, mit der er bisher durchs Leben ging? Man kann ja nur hoffen, dass ihn das läutert, dass er was daraus lernt. Sicher kann man nicht sein. Die Familie, die Michael immer wieder aufgefangen, die seine Eskapaden ertragen hat, gibt es nicht mehr. Es wird nicht leicht sein für ihn. Andreas' Problem wird das nicht mehr sein, Gott sei Dank.

Immer hat er unter dem zwei Jahre älteren Bruder gelitten. Als sie Kinder waren, war Michael der Sonnenschein. Er wurde verwöhnt, war Papas Liebling, und alle Spinnereien wurden zu etwas Besonderem hochstilisiert. Unser Michael ist ja so fröhlich, Andreas dagegen immer ernst. Michael ist voller Phantasie, Andreas einfach nur strebsam, ja, das schon, aber auch langweilig. Nie wurde er für seine Leistungen auch nur annähernd in dem Maße gelobt oder beachtet wie Michael für sein egozentrisches Gehabe. War Michael Vaters Liebling, so hielt sich Andreas an die Mutter. Als Andreas beharrlich seinen Weg ging, was schließlich zur Rettung des Familienbetriebes führte, wurde das als selbstverständlich hingenommen. Anerkennung bekam er vom Vater nie. Michaels Defizite, seine Unfähigkeit in schulischen Dingen, seine Leichtfertigkeit, mit der er sich durchs Leben hangelte, wurden immer entschuldigt, wenn nicht sogar vom Vater teils heimlich, teils offen bewundert.

Als Andreas sich vergeblich um Ines Seidel bemühte und Michael sie schließlich eroberte, war der Bruch zwischen den Brüdern endgültig. Dass Michael in den folgenden Jahren auf Kosten der Firma ein verschwenderisches Leben führte, missfiel Andreas sehr, aber solange damit gesichert war, dass der Bruder sich nicht in Firmenangelegenheiten einmischte, duldete er es zähneknirschend.

Vorbei das alles, auf in ein anderes Leben, sagt sich Andreas, als er in Basel zum Bahnhof geht. Und plötzlich fühlt er sich ganz leicht. Er würde jetzt gerne etwas ganz Unsinniges tun, aber es fällt ihm nichts ein.

72 Zwei Stunden sind sie gefahren, von München in die fränkische Kleinstadt, in der Alexandra aufgewachsen ist. Zehn Jahre war sie nicht mehr da, hat nach dem schrecklichen Selbstmord ihrer Mutter den Kontakt zum Vater gemieden.

Ein vom Jägerzaun bewehrtes, leicht heruntergekommenes, in der adretten Vorstadtsiedlung wie ein Fremdkörper wirkendes Fünfzigerjahrehaus, von zu groß gewordenen Blautannen in ewigen Schatten getaucht, finster, eine Zwingburg, nicht einladend, woran auch der jungfräulich frische Schnee nichts ändern kann. Frank spürt, welche Beklemmung der Anblick bei Alexandra auslöst. Er legt den Arm um ihre Schultern.

»Gut, dass du dabei bist«, sagt sie.

In der geöffneten Tür des Hauses steht eine kleine, rundliche Mittfünfzigerin, die Arme verschränkt, die Kommenden erwartend. Es hat etwas von einem Türsteher, von der Absicht, nicht jedermann ohne weiteres hereinzulassen.

Nachdem aber beide an den Busen der Dame gedrückt worden sind, Alexandra mit der Bemerkung, sie sei ja so viel wie ihr Kind, und Frank als potentieller Schwiegersohn, entlädt sich über beide ein lange nicht enden wollender Redeschwall.

Sie, Rita Rudolph, man nenne sie ruhig Rita, sie sei ja die letzten Jahre die Gefährtin, ja, man könne sagen, die Lebensgefährtin des Verstorbenen gewesen. Sogar die Ehe habe Alexandras Vater ihr versprochen, wozu es leider nicht mehr gekommen sei, denn der Tod sei doch sehr plötzlich gewesen. Der Notar, der hier im Viertel wohne, ein Freund des Vaters, könne es quasi bezeugen, dass man eine Eheschließung geplant habe. In einem Gespräch mit dem Notar sei es um den Nießbrauch gegangen, dass sie also zeitlebens Anspruch darauf habe, hier zu wohnen. Angeblich habe Friedrich ja ein Testament zu ihren Gunsten gemacht. Das habe sie schon überall gesucht, aber nicht gefunden. Vielleicht liege es beim Notar, denn Friedrich sei ja in diesen Dingen sehr gründlich gewesen. Wie auch immer, sie könne natürlich genau sagen, was in dem Testament beabsichtigt war. Wie gesagt, also dieser Nießbrauch – und das Auto, das ja in letzter Zeit ohnehin nur sie gefahren habe, habe ihr Friedrich versprochen. Und was ihr sonst noch zustehe, habe sie im Wohnzimmer schon mal zusammengestellt. Sie habe den Vater sehr geliebt, der sei so ein wunderbarer Mensch gewesen, sie müsse sagen, eine Seele von Mensch, so großzügig, so menschenfreundlich, ein Jammer sei sein so früher Tod, den zu verwinden sie sich überhaupt noch nicht vorstellen könne.

»Mein Vater war ein Scheusal, ein egoistischer, böser Mensch«, sagt Alexandra und verschafft sich Zutritt zum Haus, was Rita beinahe widerwillig zulässt. Alexandra geht ins Haus, zögernd, ängstlich, vom Flur in die Küche, ins Wohnzimmer, das Arbeitszimmer mit dem alten Schreibtisch. Frank ist vor dem Haus stehen geblieben. Rita folgt Alexandra auf Schritt und Tritt, als müsste sie aufpassen, dass die nicht etwas an sich nimmt, was ihr nicht zusteht. Schließlich baut sich Alexandra vor Rita auf.

»So, es reicht! Es ist mir egal, was Sie für eine Beziehung zu meinem Vater hatten. Sie verlassen jetzt dieses Haus. Ich will meine Ruhe haben. Sollte Ihnen etwas zustehen, informieren wir Sie und basta!«

»So redest du nicht mit mir, Kindchen.«

»Raus!«

»Ich habe meine Rechte, ich –«

»Raus, sage ich!«

Schimpfend geht Rita und trifft vor der Haustür auf Frank, der versucht, beschwichtigend auf sie einzuwirken.

»Es ist nicht so einfach für Alexandra. Lassen Sie sie alleine. Sie muss das alles verarbeiten, sie –«

»So was! Kümmert sich jahrelang nicht um den Vater und spielt sich jetzt hier auf! Aber ich habe Beweise und Zeugen!«

Mit Mühe gelingt es Frank, sie zu beruhigen. Alexandra werde jetzt erst einmal alles tun, was zu tun sei, sich einen Überblick verschaffen, und werde dann selbstverständlich ihr zukommen lassen, was ihr zustehe, sie möge nun aber etwas Geduld haben, denn das sei ja nach so vielen Jahren der Abwesenheit nicht leicht für Alexandra, mit der Vergangenheit so plötzlich wieder konfrontiert zu werden.

Missmutig und auch misstrauisch, zieht Rita ab, nicht ohne noch ihre nahe Adresse und die Handynummer zu hinterlassen. Frank wundert sich über sich selbst. Was macht er da, in was wird er hier hineingezogen? So klar ihm ist, dass er Alexandra jetzt helfen und beistehen sollte, so klar ist ihm aber auch, dass das gefährlich ist, dass dieses Abenteuer ein baldiges Ende haben muss. Was soll er Tabea erzählen? Ohnehin, sollte er tatsächlich noch ein, zwei Tage hierbleiben, wird er sich etwas ausdenken müssen. Wäre es nicht besser, jetzt zu sagen, pass auf, ich habe dich hergefahren, aber ich habe dienstlich zu tun, ich muss leider los, war

schön mit dir, vielleicht sehen wir uns mal wieder? Er geht ins Haus.
Alexandra schleppt jetzt Kartons mit ihren Kinderspielsachen vom Speicher, breitet sie auf dem Boden aus, wird förmlich zum Kind, erzählt Details zu den einzelnen Sachen, scheint entrückt, die Dimension des Augenblicks nicht wahrnehmend. Frank, der in diese Welt, in der sich Alexandra befindet, gar nicht vordringen kann, überlegt, was er tun soll, ob es nicht besser wäre, jetzt wegzufahren. Er hadert mit sich. Er geht im Haus herum, steht vor dem Schreibtisch des Vaters. Da stehen Ordner, sorgfältig beschriftet. Ob er sich das mal durchsehen solle, denn das könnte jetzt für sie wichtig sein, sagt er zu Alexandra. Bankauszüge, Versicherungspolicen und Rechnungen, der Vater hat penibel alles geordnet, und als habe er seinen nahen Tod vorausgesehen, hat er im Schreibtisch den Entwurf seiner Todesanzeige und die Nummer des Begräbnisinstitutes hinterlegt. Dazu gibt es eine Liste aller nach seinem Ableben zu benachrichtigenden Personen und Institutionen, eine Anleitung sozusagen zur Bewältigung der Aufgaben nach seinem Ableben.
Es ist Sonntag. Morgen, wenn er bleibt, könnte Frank die nötigsten Dinge erledigen.
Ein Nachbar kommt mit einer schriftlichen Zusage für den Kauf des Autos, eines alten, sehr gut erhaltenen Mercedes, ›vom Friedrich, Gott hab ihn selig‹. Man habe gar nicht gewusst, sagt ein anderer Nachbar, der auf das Haus spekuliert, dass der Friedrich so einen patenten Schwiegersohn hatte. Davon sei nie die Rede gewesen, nur immer von der Tochter, die sich nicht mehr sehen ließ, die mit dem Vater nichts zu tun haben wollte, worunter, so der Nachbar, der Vater sehr gelitten habe. Und eines wolle er dem Herrn Schwiegersohn sagen, so der Nachbar, die Rita, die habe sich den Friedrich kral-

len wollen, aber das habe der nicht mitgemacht. Ständig sei sie bei ihm aufgetaucht, was ihm stets lästig gewesen sei. Vor der solle sich Alexandra vorsehen, die habe sogar schon Sachen aus dem Haus geschleppt, mehr wolle er nicht sagen, nur warnen. Die habe einen Schlüssel, weil sie beim Friedrich geputzt habe, da sei nichts gewesen zwischen denen.

Tief im Inneren des martialischen Schreibtisches findet Frank in einem Geheimfach ein Testament und den Hinweis, dass dieses Testament auch bei jenem Notar hinterlegt ist, den Rita als Zeugen aufzubringen drohte. Von Rita ist keine Rede.

Am Abend, als Alexandra aus der Welt ihrer Kindheits- und Jugenderinnerungen wieder aufgetaucht ist und Franks Aktivitäten, zu denen sie immer nur zustimmend genickt hat, bewundert, gelingt es dem, ihr die Dimensionen des Erbes klarzumachen. Da seien zwei Lebensversicherungen über je hunderttausend Euro auf sie, das Haus, für das der Nachbar dreihunderttausend biete – was sicher zu wenig sei –, gehöre ihr. Sie sei jetzt ein wohlhabendes Mädchen, eine gute Partie. Da sitzt sie und weint und mag nicht begreifen, was dieser von ihr so gehasste Vater da für sie getan hat. Er habe wohl, sagt Frank, das sei ja Worten des Nachbarn zu entnehmen, darunter gelitten, dass die Tochter sich abgewandt habe.

»Nimm es als Wiedergutmachung. Aber nimm es und freu dich.«

73 »Wenn ich weiß, ich sterbe, nehme ich meinen Sohn mit. Was soll er ohne mich. Er wäre hilflos, würde in einem Heim dahinvegetieren, einem Tier gleich. Nein, wir gehen gemeinsam von dieser Welt.«

Auf der Zugfahrt von Basel ist Andreas in den Speisewagen gegangen. Der Zug befindet sich bereits auf deutscher Seite, rast auf Freiburg zu. Die Grenzkontrolle war harmlos, das wusste Andreas, der häufig in die Schweiz gefahren ist. Sein Geld hat er in der Toilette versteckt und gleich nach der Grenze wieder an sich genommen. Kaum ein Risiko.

In Freiburg kommt ein etwa fünfundsechzigjähriger Mann in den Speisewagen. Er führt einen großen, breitschultrigen Vierzigjährigen, der offensichtlich blind ist, an der Hand. Der Mann fragt, ob noch frei ist, Andreas nickt, der Mann setzt sich neben den Jüngeren, dessen Hand er nicht loslässt. Andreas fällt auf, dass der Mann in der Hand des anderen die Finger bewegt und der zustimmend nickt.

»Er möchte ein Weizenbier, und mir bringen Sie bitte ein Pils.«

Andreas ist irritiert. Der hat doch gar nichts gesagt, denkt er. Der Mann hält auch weiterhin die Hand des Jungen und bewegt ständig seine Finger in dieser Hand. Das muss eine Verständigungsmethode sein, denkt Andreas. Der Mann merkt, dass Andreas rätselt. Er lächelt. Sein Sohn, sagt er, sei taubblind.

»Er sieht nicht, hört nicht und kann darum natürlich nicht sprechen. Er ist so geboren. Jetzt ist er vierzig. Da sich die Mutter aus Überforderung von uns getrennt hat, ist es meine Lebensaufgabe geworden, mich um ihn zu kümmern. Mir war von Anfang an klar, dass er nicht in ein Heim kommt. Ich kenne die Heime, ich engagiere mich auch für bessere Verhältnisse dort, was unendlich mühsam, fast aussichtslos ist. Aber für ihn war und bin ich da.«

Die Getränke kommen, die beiden prosten sich zu. Der Sohn nickt mehrfach, macht einen konzentrierten Eindruck und lächelt.

»Ich habe ihm gerade gesagt, dass ich Ihnen von uns erzähle. Ja, wir haben diese Verständigung miteinander entwickelt. Ich spreche sozusagen in seine Hand, und er versteht mich. In vierzig Jahren haben wir gelernt, uns auf diese Weise miteinander zu unterhalten.«

Jetzt erst stellt Andreas fest, dass auch der Sohn in die Hand des Vaters spricht. Das Problem sei, sagt der Vater, dass diese Kommunikation nur zwischen ihnen beiden funktioniere. Es gebe nicht eine Sprache wie die Zeichensprache der Taubstummen. Für diese Behinderten gebe es keine Lobby, sie seien zu wenige. Dann erzählt er, dass er mit dem Sohn in der ganzen Welt herumgereist sei.

»Wir waren an den Niagarafällen und in den Rocky Mountains und in Indien und China, auf der Zugspitze, in der Wüste, überall. Die Niagarafälle haben ihm am besten gefallen. Da will er unbedingt wieder hin.«

»Entschuldigen Sie die Frage, aber da muss man doch als Angehöriger die Zeit aufbringen können – und vielleicht auch finanziell in der Lage sein, das zu leisten.«

»Ich hatte eine kleine Fabrik. Textilien. Die habe ich verkauft, als mir bewusst war, dass mein Sohn nur durch mich ein lebenswertes Leben haben kann. Das war natürlich ein Glück. Ich konnte es mir durch den Verkauf leisten, ganz für ihn da zu sein.«

Der Sohn lächelt, nickt manchmal, trinkt am Bier, prostet Andreas zu. Der staunt.

»Ich erzähle ihm natürlich alles, was wir sprechen.«

Andreas hat einen Gedanken, zögert noch, ihn auszusprechen, sagt es aber dann doch.

»Eine heikle Frage, aber, verzeihen Sie, daran denkt man natürlich: Was wird mit ihm, wenn Sie einmal nicht mehr sind?«
»Ich nehme ihn mit.«
»Sagen Sie ihm das auch?«
»Das weiß er.«

74

Berlin ist tief verschneit. Ein Mann stapft durch den Schnee, ein Mann mit zwei Koffern kommt auf den Stöberland-Laden zu. Ines kennt diese Koffer. Und sie kennt diesen Mann. Es packt sie Verzweiflung, nein, bitte das nicht, bitte nicht ihn! Sie will noch schnell absperren, zu spät, sie kann sich auch nicht verstecken, sie ist alleine, Kerstin ist nicht da. Schon steht Rüdeger im Laden.
Er habe diese Zeit gebraucht, er habe an sich gearbeitet, sei in sich gegangen, reinigend und erhellend sei das gewesen, und mit der Unterstützung eines ganz wunderbaren Therapeuten sei ihm klar geworden, wo er hingehöre, was seine Bestimmung sei, was und wie er leben müsse. Jetzt wisse er, dass er zu ihr gehöre, jetzt habe er sich äußerlich und innerlich von Dagmar getrennt, er stehe hier und könne nicht anders, es werde jetzt alles gut, wenn sie nur auch einsehe, dass man zusammengehöre.
Sie sieht das überhaupt nicht ein.
Und nachdem sie ihm das eine halbe Stunde lang immer wieder klargemacht hat, stapft er schließlich mit seinen Koffern wieder durch den Schnee davon, schimpfend, enttäuscht, sein

Schicksal verfluchend und vielleicht an seinem Therapeuten zweifelnd.
Er habe blöderweise, sagte er als Letztes, gar keinen Rückflug gebucht.

75 »Weißt du, Tabeaschätzchen, ich hab da auf dem Kongress einen alten Studienkollegen wiedergetroffen. Der macht in Immobilien und hat mir angeboten, in ein Riesengeschäft mit einzusteigen. Acht großartige Villen im fränkischen Raum. Wir checken da jetzt jeden Tag zwei durch. --- Eine Industriellenwitwe verkauft die. Ist ein Mordsgeschäft. --- Ich denke, übermorgen sind wir durch – dann komme ich -- aber ja, Schatz --- Ja, also, pass auf dich auf --- ich muss los. Wir treffen uns gleich mit ein paar Kaufinteressenten. --- Bei Schweinfurt --- jaha! Tschüss!«
Unter dem Vorwand, einen kleinen Abendspaziergang zu machen, hat sich Frank förmlich davongestohlen, um Tabea ungestört anzurufen und ihr diese Lügengeschichte aufzutischen. Er merkt wieder einmal, dass er Übung darin hat. Aber wohl ist ihm diesmal nicht. Doch was soll's, das vorgetäuschte Geschäft kann ja dann geplatzt sein, und außerdem interessiert sich Tabea für seine beruflichen Belange sowieso nicht.
Am nächsten Morgen unterrichtet Frank die Versicherungen vom Tod des Versicherungsnehmers, gibt einem Herrn vom Bestattungsinstitut Anweisungen für das Begräbnis, ruft Freunde des Vaters an, nimmt deren Beileid entgegen, macht einen Termin in einer Woche für die Beerdigung ab.

Am Nachmittag wird er mit einem Immobilienmakler den Preis für das Haus ermitteln, um dann wieder mit dem Nachbarn zu verhandeln. Zwei andere Interessenten haben sich noch gemeldet, denen der Verstorbene angeblich auch versprochen hat, ihnen das Haus zu verkaufen, wenn er in ein Heim gehen sollte. Und es wird ein Händler kommen, um die Möbel und Gegenstände, Bücher und Bilder zu kaufen. Und da ist natürlich Alexandra und ihre leicht verrückte Art, aber auch ihre Leidenschaft. Nein, er kann jetzt nicht gehen, obwohl er spürt, dass sie sich, je mehr er ihr Leben regelt, in ihn verliebt und schon fast mit Selbstverständlichkeit zulässt, dass die Nachbarn und Bekannten des Vaters, die vorbeikommen, aus Neugier oder um Beileid zu bekunden, ihn als ihren Lebensgefährten betrachten. Teils belustigt, teils ängstigt ihn das. Er muss, während er auch am zweiten Tag Alexandras Belange erledigt, wieder viel an seinen Vater denken, der den bewundernswerten Mut aufbrachte, mit siebzig Jahren noch einmal sein ganzes Leben zu verändern. Kann er das mit über vierzig auch? Will er das? Will und kann er Tabea verlassen, ihrem Kind nicht der Vater sein, der er ja nie werden wollte? Ist diese Alexandra, die er seit drei Tagen kennt, von der er schon viel, aber doch noch nicht genug weiß, eine Option?
Zwischen Räumen, Entrümpeln, Ordnen, sich in Erinnerungen Verlieren und Verhandeln holt Alexandra ihn immer wieder ins Bett. Und sie beginnt ihn auszufragen. Ob er nicht doch in Wirklichkeit Frau und Kinder habe. Er verneint. Er könne ihr doch nicht weismachen, sagt sie, dass er als Junggeselle lebe. Da gebe es doch sicher eine Frau. Nein, das habe es alles gegeben, die eine oder andere Beziehung, aber nichts davon habe Bestand gehabt. Im Moment sei er alleine. Sie lacht.
»Wenn ich mir dich jetzt kralle, dann nicht mehr.«

»Mich krallt niemand.«
Am dritten Abend, während Alexandra in einem Tagebuch ihrer Mutter liest, das sie auf dem Speicher gefunden hat, das sie aufwühlt, nimmt Frank seine Sachen an sich, ruft aus dem Flur Alexandra zu, dass er nur mal zur Tankstelle fahre, Bier und Zigaretten holen, verlässt das Haus, setzt sich in sein Auto, ruft Tabea an, sagt ihr, dass er in etwa vier Stunden bei ihr sein wird, und fährt los.

76

»Ich habe mit ihm gesprochen, ich habe gesagt, drücke meine Hand, wenn du mich verstehst. Er hat meine Hand gedrückt, diese Hand!, jawohl, diese meine Hand hat er gedrückt. Sehen Sie diese Hand, Frau.«
Ferdinand hält theatralisch die Hand hoch wie ein Allerheiligstes, kein Zeuge ist da, niemand, nur die Frau Körner. Sie lächelt.
»Doktor! Doktor!«
Doktor Berner kommt, von Ferdinands Geschrei herbeigeholt.
Ferdinand zeigt dem Doktor die Hand, wiederholt, was er erlebt hat oder erlebt zu haben glaubt. Doktor Berner lächelt. Ja, das sei ein ungesteuerter Reflex, der nicht selten vorkomme, allerdings bedeute das nichts. Er bittet Ferdinand, mit ihm zu kommen. Sie gehen in einen Aufenthaltsraum.

»Wissen Sie, Herr Maus, das ist so, dass sich da nicht einfach im Gehirn ein Schalter umlegt und der Patient ist wach und gesund. Was da im Gehirn vor sich geht, das müssen Sie sich in etwa so vorstellen: Auf der Bahnstrecke zwischen A und B geht etwas kaputt, ein Unfall, die Strecke ist gesperrt, blockiert. Die ersten Stunden herrscht totales Chaos. Die Menschen stehen entnervt an den diversen Haltestellen, und nichts geht mehr. Bis einigen einfällt, dass man von A über C zum Bahnhof B fahren kann. Die Umleitung nehmen erst nur wenige Menschen, dann immer mehr, bis der Verkehr von A über C nach B fließt und wieder funktioniert. Das geht natürlich nicht so schnell, und es ist beschwerlich, aber es funktioniert irgendwann ganz gut. Genau das passiert im Gehirn. Wann, das wissen wir nicht.«

Mehr, so Doktor Berner zu Ferdinand, könne er ihm auch nicht sagen, man müsse Geduld haben, die Hoffnung nicht aufgeben, man habe schon die wunderbarsten Entwicklungen erlebt, selbst nach Jahren im Koma.

Noch einmal, vor seiner Reise nach Mallorca, ist Ferdinand hergekommen, war bei Benny, hat seine Hand gehalten und ihm versichert, er werde sich kümmern, ihn nicht verlassen, ihn, seinen lieben Jungen. Und dann das, der Junge hat ein Zeichen gegeben, egal, was der Doktor Berner dazu sagt. Er fahre jetzt nur mal kurz weg, sei aber nicht aus der Welt, hat er dem Jungen erzählt. Und natürlich sei er, wenn es nötig würde, sofort da, in wenigen Stunden.

Seit einem Jahr und acht Monaten liege ihr Enkel nun hier, sagt Frau Körner, die jeden Tag stundenlang wartet. Sie habe ja nichts anderes zu tun, sie könne stricken, lesen, über das Leben nachdenken und da sein, wenn der Junge aufwache.

Als sich Ferdinand verabschiedet, bittet er Frau Körner, falls Benny aufwache, in der Krankenhauskapelle eine Kerze aufzustellen und für seine Gesundheit zu beten. Und hier habe sie zehn Euro, die möge sie doch bitte in den dortigen Klingelbeutel werfen. Das mit der Kerze, das habe er seinem Jungen versprochen. In die Hand habe er es ihm versprochen. In die Hand, die diese Hand hier gedrückt habe.

77

Er sieht Tabea vor sich. Das Freakmädchen, in das er sich irgendwie verliebt hat. Tabea, die sich, seit sie schwanger ist, so völlig verändert. Jetzt sitzt sie in einem Appartement und wartet auf ihn. Ganz bürgerlich ist sie geworden. Im Internet sucht sie Babyklamotten, bei IKEA schaut sie nach Kinderbettchen und Wickeltischen, und er weiß, was auf ihn zukommt. Sie wird zu ihm ziehen wollen. Will er das? Hat er sich nicht über die Jahre an dieses Junggesellenleben gewöhnt? Kann er noch mit Frau und Kind leben, in seinem Alter? In seiner Wohnung, die so sehr nur die seine ist, in der, das hat er doch immer wieder betont, eine Frau keinen Platz hat? Und jetzt Kinderbettchen, Wickeltisch und lauter solche Sachen. Nein, er weiß, dass er das nicht will, dass er sich das nicht aufzwingen lassen darf, so wie sie ihm das Kind aufzwingt. Es hatte seinen Reiz mit dieser jungen Tabea, die so anders war, so unangepasst mit ihren Tattoos, ihrem Ring im Bauchnabel, ihrem Engagement für alles in der Welt. Jetzt sitzt sie da, gibt schon die junge Mutter und wartet auf ihn, die Weltgerechte, wie er sie manchmal nennt. Will er das alles? Was soll er nur tun?

Die Fahrt ist anstrengend. Es ist dunkel, Schneeregen peitscht

die Straße und beschäftigt die Scheibenwischer. Noch zwei Stunden wird er brauchen.
Er denkt an Alexandra. Wie aufgeregt sie war, als sie plötzlich ein Tagebuch ihrer Mutter fand, von dessen Existenz sie nichts wusste. Wie sie darin versank, alles um sich herum vergaß, eintauchte in das traurige Leben ihrer Mutter. Ein paar Tage vor ihrem Selbstmord hat sie noch ins Buch geschrieben. »Auf Wiedersehen, mein liebes Tagebuch, in einer anderen Welt.«
Ob Alexandra immer noch da sitzt und liest, fragt sich Frank. Ob sie schon registriert hat, dass er sie verlassen hat? Ist das richtig, was er da tut?
Er kehrt um.

78

Liebe Elfriede,
Frank sagt, dass Du die Scheidung willst. Wenn Du das so willst, dann willige ich ein und übernehme die Kosten. Frank soll das vorbereiten. Dein Entschluss ist radikal, aber aus Deiner Sicht auch verständlich. Ich weiß, ich habe Dir großes Leid angetan. Ich kann es nicht wiedergutmachen, ich kann Dich nur inständig bitten, mir zu verzeihen. Verstehen wirst Du mich nicht können. Das kann ich nicht verlangen, da ich selbst nicht weiß, was mit mir geschehen ist. Mein größter Wunsch wäre, dass wir freundschaftlich miteinander umgehen könnten, dass Du auch mal schreibst, wie es Dir geht, dass wir mal telefonieren. Liebe Elfriede, wir haben doch so eine lange gemeinsame Zeit gehabt. Die kann man nicht auslöschen,

nicht vergessen. Von mir aus muss das mit der Scheidung nicht sein. Wir können alles beim Alten belassen. Was meinst Du. Ich denke so oft an Euch – an Dich, Frank, Thomas, der sich gar nicht mehr meldet, und Ines, die mir nur eine böse SMS geschickt hat. Und ich denke an Benny. Wie geht es ihm? Kannst Du mir das wenigstens mal mitteilen? Die Mäuse will ich nicht anrufen. Neulich saß ich in einer Gaststätte und sah einen Jungen etwa in Bennys Alter. Er saß im Rollstuhl, konnte sich kaum bewegen, musste gefüttert werden und war geistig völlig weggetreten. Er war zwei Jahre im Koma gelegen, sagten die Eltern, und ich dachte, hoffentlich ist das nicht Bennys Zukunft. Bitte schreib, wie es um ihn steht. Da Du wohl nicht willst, dass ich Dich besuchen komme, wirst du mir mal meine Sachen schicken müssen. Ich liebe Dich immer noch,
Dein Siegfried«

»Von Benny nichts Neues. E«

Mehr kam von Elfriede als Antwort nicht. Und Thomas schrieb eine SMS:

»Mache Liste. Ich bringe Klamotten. Thomas.«

Veronika de Vries führt in München ein mondänes Leben. Sie malt abstrakt, und ihre Bilder, mit denen Siegfried eigentlich nichts anfangen kann, werden in der Münchner Gesellschaft geschätzt und vor allem gekauft, wovon sie gut leben kann. Ihr Atelier ist Treffpunkt kunstbegieriger Wichtigtuer einer vergnügungssüchtigen Bussigesellschaft. Einladungen zu Partys, Vernissagen, regelmäßige Besuche einer Schickeria-Bar gehören zu Veronikas Alltag. Sie ist eine Art Lichtgestalt in diesen Kreisen, die Mutter aller Nachtgestalten, die Siegfried mit wachsendem Befremden beobachtet. Er will nicht in dieses Licht gezerrt werden und kommt sich immer mehr vor wie Veronikas Maskottchen, das man in der Gesellschaft belächelt, das sie sich aus der Provinz mitgebracht hat. Er kann mit diesen Menschen nicht umgehen, er versteht sie nicht, meidet sie immer häufiger.

Fast drei Monate sind sie jetzt zusammen, und Siegfried geht, wenn Veronika in ihrem Atelier arbeitet, seine eigenen Wege. Die führen ihn in Cafés und Kneipen und vor allem ins Brauhaus zu den Rentnern, die kein Loft im Lehel haben, kein Appartement in Sankt Moritz, die keine Partys am Starnberger See besuchen, die verzweifelt darum kämpfen, in ihren Wohnungen bleiben zu dürfen, in denen sie seit Jahrzehnten wohnen und in denen kein de Vries hängt.

Die Leidenschaft zwischen Veronika und Siegfried ist zur Routine geworden, und die weniger werdenden liebevollen Momente können Siegfrieds Ahnung nicht verhindern, dass er da in ein Leben geraten ist, in das er nicht gehört. Auch Veronika scheint zu spüren, dass dieses Abenteuer möglicherweise ein baldiges Ende haben wird. Sie kämpft nicht dagegen, lässt die Dinge geschehen.

Wenn er durch den verschneiten Hofgarten stapft oder durch die Innenstadt, wenn er im Brauhaus bei den Rentnern sitzt, Geschichten aus seinem bisherigen Leben erzählt, deren Geschichten hört und sich schon am Nachmittag betrinkt, dann ertappt sich Siegfried bei einer Sehnsucht nach seinem alten Leben.

Wie einst die im Schlager verewigten »zwei kleinen Italiener« das Heimweh nach Napoli zum Hauptbahnhof trieb, so ergeht es eines Tages auch Siegfried. Und als am selben Tag Thomas mit dem VW-Bus voller Sachen des Vaters vor dem Atelier vorfährt, kann ihm eine verstörte Veronika nur mitteilen, dass sie vor ein paar Stunden eine SMS von Siegfried bekommen habe, mit der Nachricht, dass er sie verlassen hat, um in sein altes Leben zurückzukehren.

79 In zwei Stunden wird das Taxi kommen und Ferdinand zum Bahnhof fahren. Dann geht es mit dem Zug zum Flughafen, und um 17 Uhr geht die Maschine ab nach Palma de Mallorca. Konrad hat gestern noch mal angerufen. Alles sei bereitet, er und seine Frau Hiltrud holten ihn vom Flughafen ab. Sie haben dort angenehme 20 Grad. Dieser Februar ist kalt in Deutschland. Schneestürme, Regen, gestern Frost, heute drei Grad. Ferdinand freut sich, erst einmal von hier wegzukommen. Er wird einen Monat bleiben, dort alle Formalitäten regeln, sich um ein Appartement kümmern, noch mal zurückkommen, den endgültigen Umzug organisieren. Für das Haus gibt es schon einen Käufer. Andreas hat das noch vor seinem Abflug nach Ottawa geregelt.
Im Flur warten zwei Koffer auf das Taxi. Ferdinand hat nur das Nötigste eingepackt. Was braucht er dort schon? Ein paar Klamotten, seine Papiere. Hat er alles? Hat er an alles gedacht? Da ist das Ticket. Der Personalausweis. Die Scheckkarten, Visa, Mastercard, Krankenkasse. Handyladegerät. Alles liegt auf der Anrichte bereit. Er geht noch einmal im Haus herum, leichte Wehmut kommt auf. Zeit seines Lebens hat er hier gewohnt, ist hier aufgewachsen, hat die Familie gegründet, die Familie, die jetzt in alle Winde zerstreut ist. Es ist, das sagt er sich, auch für ihn kein Bleiben mehr. Er war einsam zuletzt. Das ist kein Haus für einen alten Mann, der alleine lebt. Da sind zu viele Erinnerungen, zu viele Anzeichen des eigenen Altwerdens. Auf zu neuen Ufern, zu einem neuen Leben, das noch keine Vergangenheit kennt. Und der Flug dauert keine zwei Stunden. Er wird öfter herkommen, Else und Freunde besuchen, und ja, natürlich auch, um nach Benny zu sehen. Und wenn sich da was ändert, dann wird man das organisieren können. Wenn sich was ändert, wenn es auch für den Jungen noch ein Leben, ein neues Leben geben wird. Man weiß ja

nichts. Ein Jahr liegt er jetzt dort, kein Leben, nichts. Ob es jemals ein gutes Ende gibt, weiß keiner. Sie sagen einem ja nichts. Vielleicht wissen sie auch nichts. Schließlich, das hat er sich die letzten Wochen immer wieder gesagt, kann er nicht sein Leben danach richten. Ines, die Mutter, ist nach Berlin gegangen, will sich nicht weiter kümmern. Michael, der Vater, sitzt in der Schweiz im Knast. Sabine ist auch in Berlin, Andreas in Kanada, Else im Heim. Und von den Seidels ist gar nichts zu erwarten. Vielleicht ist Elses Idee nicht falsch, dass der Junge, sollte er behindert sein, dort ins Heim kommt. Und wenn er gesund ist, dann holt er ihn nach Mallorca, das versteht sich doch von selbst. Vielleicht ist er ja, falls er überhaupt aufwacht, nur ein bisschen behindert. Da kann ihm doch das Klima dort eventuell guttun. Man wird sehen. Und, wie gesagt, es sind doch kaum zwei Stunden Flug.

In einer Stunde wird das Taxi kommen. In ein paar Stunden wird er in Mallorca sein! Er freut sich. Das warme Wetter wird ihm guttun.

Da ruft Christian von der Polizeidirektion an, ein alter Kumpel aus dem Kegelclub.

»Du, Ferdinand, das ist mir unangenehm, dass ich dich anrufen muss, aber da liegt eine Anzeige gegen dich vor, der wir nachgehen müssen – – – doch – – – leider – – – hör zu, Ferdinand, ich schicke dir einen Kollegen vorbei, der dich zu der Angelegenheit anhört – – – du, ich will jetzt da am Telefon nicht – – – also – ich denke, du wirst da Klarheit schaffen können – ich meine, dass da nichts dran ist – – – okay, der Kollege kommt jetzt vorbei – – tut mir leid – – – das wirst du verschieben müssen, denke ich – – – na ja, wir werden sehen.«

Was kann das für eine Anzeige sein?

Ferdinand hat eine leise Ahnung! Das darf nicht wahr sein! Dieser Seidel'sche Dreckskerl!

»Herr Maus, sehen Sie«, sagt der Beamte, der eine halbe Stunde später kommt, »ich lege Ihnen hier zwei Fotos vor. Dieses hier ist vom Sanitäter des Roten Kreuzes am 16. Februar des letzten Jahres gemacht worden – als man den Jungen gefunden hat –, dieses hier stammt aus dem Mai letzten Jahres. Haben Sie dazu etwas zu sagen?«
Ferdinand starrt auf die Fotos, setzt seine Brille auf.
»Haben Sie was dazu zu sagen, Herr Maus?«
»Nur über meinen Anwalt. Sagen Sie Christian Behrend, ich komme mit meinem Anwalt vorbei.«
Der Beamte geht.
Ferdinand wählt eine Nummer.
»Maus hier – kann ich bitte Dr. Ganderath sprechen? Danke.«

80

»Guten Tag, Frau Körner.«
»Guten Tag, Herr Doktor.«
»Ist von der Familie Maus niemand da?«
»Nein, niemand, Herr Doktor. Da hat keiner Zeit. Was ist mit dem Jungen? Ist er tot?«
»Nein, er ist aufgewacht. Na, dann werden wir die Familie telefonisch informieren.«
»Kann ich zu ihm gehen?«
»Eigentlich nur Angehörige.«
»Ach Gott, Herr Doktor, ich bin doch schon fast so viel wie seine Oma. Hab schon oft gesprochen zu ihm, hab ihm Mut gemacht, und sehen Sie, es hat geholfen. Ist er denn in Ordnung?«

»Das wissen wir noch nicht. Gut, Sie können zu ihm.«
»Danke. Aber erst gehe ich in die Kapelle und stifte eine Kerze. Das hab ich versprochen.«
»Tun Sie das.«